陽台上的手風琴

椞川 著

獨奏的琴音，悠緩地與自己對話，
貼近靈思，引人冥想的鋪展出內在的極地風景。

洄溯琹川成天籟

楊昌年

琹川以詩、畫之筆來寫散文，在詩、文、畫三線藝術的「互文」之下，溶成她的精緻之形與溫婉之神。散文仍然沿襲著詩創作的彈性密度，如集中〈漫步在時光中〉所顯示詩化的情景交融。

集中的〈詩路之旅〉曾使我眼睛一亮，不禁反芻起曩昔：經歷過的青海湖，雖然只是乘船繞行一角，但已能感受到碧波萬頃的氣象萬千。由大湖想到長江、黃河，全都發源於這青海一省，那可是孕育我華族生命、文化，橫亙南北的兩道巨流。其中的長江又與我的一生大有關聯，是我出生在長江下游，曾經沿著長江之湄，辛苦流浪到江的中段，又復跋涉到岸上有著點點金沙的上游。這江寬廣處有由此岸望不見彼岸，而湍急的三峽又竟是狹長如斯。它可是我永遠的魂夢牽縈呵！憶念當下，余秋雨《文化苦旅》的蒼茫之情如浪湧來，使我愴然。湖海壯遊者何止千萬，人人感受不同。是我昔年飽經戰亂，飄蓬江海的坎坷伶仃經歷影響形成的感受，自然與琹川姑娘的有所不同。

感受最深的是集中的〈閱讀手記〉。一如作者在「後記」中所述：重來崔護論評創作的形神兩勝使我驚喜。只是琹川她自動降等，把評價中的「最」高，降成為「頗」高。就是她使我了解到「伯樂」之「樂」。那是在你著力經營的一片園田之中突然開出了嶔崎之花，青青子衿非但足可承繼甚且已可超越，那一份欣慰何可言宣？

就「舞影者」這篇而言：我所佩服海明威的是他能以一己雄力來抗拒死亡。生與死歷來原就是人生調適的重要命題，總覺得我華族的「生寄死歸」不免有故示淡然的矯情。欣見他海明威另闢蹊徑，以雄力肯定存有挑戰死亡。不採慣性的坐等你死神光臨，我這就主動首途來找你，生與死的你我咱倆路上會面。一如遍歷十八層地獄的目蓮，非僅以他不凡的經歷足可睥睨傲世；更重要的是那一份充分發揮，肯定自我極其珍罕的人生價值。

當然，也如李太白在「君不見黃河之水天上來，奔流到海不復返」的了悟之後，終必有他「水中撈月」的決然奮身一躍。芸芸眾生與死亡的爭戰，總輸在吾人困守在短促、狹小時空的無奈命定。夕照蒼黃之後即是再無轉機的黯黑。即使櫪馬壯志未已又其奈時不我與何！誠如古挽歌「薤露」所吟：「薤上露，何易晞」道盡了人生悲涼。面對著看不到、摸不著，偏又能感覺得到虛無的死亡，力不從心的海明威的勇決轉向，面對自己扣下了板機。

這一集有詩有文復有評論，予人的感受各各不同：詩作的點有如針刺；散文的線可有牽引；更為龐沛的該是作用一如小說之面，戲劇之球的論評。琹川的創作到此，那已是「行到水窮處，坐看雲起時」新的桃源。在前只是妳偶然經過的客舍，今後，真希望妳能重視常住。

此後，一如教學之以自得助人，也就是迄今我們猶可仗恃著前行，並藉著這些點滴的快樂來與虛無調適的了。人生的「得」與「失」即在於此；我與妳前行後繼的轍迹亦是如此。

琴音迴盪，琹川清冽。願妳的詩、文、畫藝在長保自我風格之外更能溯洄向上，聲形終得成天籟之音，而質神則必是荊山之玉。雖然此一境界甚難企及，但誠如南宋詞作中的豪語「算事業須由人做」，又安知那些達標者中沒有我所期望的雋者琹川？

是為序

二〇一九年二月三日於台北

目次
CONTENTS

漫步在時光中

流轉的風景

閱讀手記

寧靜之外

瑩綠深處，靜極了
靜成一座山
靜成一面海
靜成一片虛無
那漫天的水意覆蓋之下
顆顆晶泡如珍珠自水底浮升
一尾魚自在穿游而過
一朵午荷悠然伸出水面
每一瓣舒展都是無邊的詩意清涼——

清晨微雨

一縷縷煙嵐自山林深處升起，緩緩地爬升於山頂，化入灰濛的天空，彷彿被召喚般，天地間正進行著某種祕密的聚會。虛線般的雨針漫天飄撒，發出輕微的窸窣聲響，陽台上的我解讀出一種祝福的話語——在綠葉間，在玫瑰嬌美的花瓣上，那閃爍的晶瑩；風輕輕撩撥著肅穆聳立的南洋杉，隱約的波動，令人傾心。看不見鳥兒，只聽得零零落落的啼唱聲，在寂靜空間互相拋擲交織。

清晨醒來，檢視前幾日修剪花枝時被剪落黏附在葉上的蝶蛹，祈禱牠沒有受傷，且期待有天一隻美麗的蝴蝶自眼前破蛹而出，翩飛於藍天之下。彎下腰隨手撿了一片狹長的千年木葉子，將今年開得特別繁密因而低垂的白蝴蝶蘭花莖繫直，仔細摘掉假人參葉上的牙蟲，回頭看到一隻白頭翁自濃密的樹葉間竄出，叫了幾聲又不見蹤影。我把因年久而薄脆的花盆換掉，將盆裡的睡蓮移植在一只小玻璃缸中，正開著淺藍色花朵的睡蓮，在透明的玻璃缸裡更顯清麗脫俗。

微雨的清晨，在每一個當下的動作裡、視聽中，充盈著一種詩般寧靜的幸福感，如此地無以言喻。年歲漸長，心境逐日澄明，開始覺知每一個當下都是無比的珍貴，過去已然雲散煙消，未來難以預料，對於生命的困境，今日不能面對，何有將來之解決。而寧靜的心湖，可以沉澱慌亂的俗塵雜慮，映現出靜定的智慧；深刻地感受到此身的存在，不受外界、情緒的干擾，可以選擇更清明、自在的生活方式。

假日的清晨微雨，濕潤馨涼的氣息中，坐在陽台上喝著咖啡，聆聽蕭邦鋼琴曲的我，正翻開一本「花叫」的詩冊，這是我當下最心滿意足的選擇。

（自由副刊2003.07.15）

血印梅春

隔壁不知何時搬來了一戶人家，在那間原已荒廢了十幾年的屋子裡。

事情發生於今早，我在陽台上一邊吃著早餐，一邊悠閒地遠眺撒著層金粉的青翠山巒，突然間，我被眼前的幾枚血印給嚇壞了，鮮紅的血印在白色的欄杆上，格外地觸目驚心。

那血印成橢圓形，比拇指還大些，我腦海中瞬時閃過許多可能的情節，像福爾摩斯偵案般循著血跡查看，發現血印來自隔壁，在圍欄的鏤空短牆上留下了七枚，最後一枚顯得有些模糊，接著在鋪著綠色人工草氈上，又一路斜斜蜿蜒留下大小不一約十幾枚，尤其種著睡蓮的水甕旁，血印顯得密而凌亂。甕旁放盆栽的矮木桌上也留下相近的兩枚，矮木桌下牆邊置放培養土的麻袋上留下最後一枚，之後便消失無蹤了。

按捺不住的好奇心，終於讓我戰戰兢兢的推開隔壁那扇斑駁不堪的木門，一屋子堆置的家具雜物，由於屋主早已移民加拿大，所以等同廢墟了；面對陽台的玻璃門因幾次的颱風吹襲，紗門傾落，風從玻璃破洞中吹進來，已成碎布條的白色窗簾便幽幽的舞動起來，那情景令人無由地起了一陣寒顫。

我小心翼翼地穿過狹小的走道，來到了玻璃門前，赫然發現堆疊的沙發椅上有一灘血跡，三雙圓亮的眼睛正驚慌的看著我，之後慢慢地鑽進疊放的家具細縫間，門玻璃破洞的刺尖上也沾著血跡，然後由陽台一路迤邐到隔壁我家。

我終於恍然大悟，昨晚我回到山屋正在擦地時，猛然瞥見陽台上不知何時站著一位不速之客，一雙黑褐色的眼睛正沉靜地打量著我；待我發現，她便迅速的越過隔牆，不見蹤影了。我還納悶著呢！真相終於大白了，原來是母親先來拜訪順便視察一下鄰居。

在這歲末寒冬，她獨自於隔壁荒廢的屋子裡產下了孩子，身上沾著胎盤血跡，跑上躍下的自求生存，一種母性堅韌的生命力，從一隻小小的母貓身上展露無遺。眼前有個小小的身影在鑽動，於光線幽暗的家具縫隙中探出頭，更見那雙眼睛的清亮無邪，幾聲怯怯的喵嗚，益發惹人憐愛。我彎身看了一會兒，輕輕的掩上門扉。

回到自家陽台，再次看到那幾枚血印，竟感覺彷彿是一瓣瓣散落的艷麗梅花，在寒風中我聞到了一絲絲春天的氣息，自隔壁飄送過來，頓時馨暖的陽光便亮燦燦的自四面八方覆落在冬天的山野上——

（2004.01.19）

火車飛過

旋轉的大地，如旋轉的唱盤，在不同的時間軌道上，跳換著不同的旋律。

自學生時代，那火車便沿著成長的軌跡一路相伴，每一次的出發與歸返，心都是暖熱的。記憶中車站的出口處，總有父親引領而望的身影，然後跨坐上他的野狼機車，穿行於木麻黃村道；而路的盡頭也總有溫暖的燈光點亮著，輝映著母親關注的言語和燦爛的笑容。

時光似火車不斷地飛快轉動著，父親去世之後，我搭火車的機會便很少了，除了愛上開車的隨性自由，其實是怕面對踏出車站出口，再也見不到父親熱切盼尋的眼神，那份悵然的心情！於是整整有十幾年的時間，火車在我的生活裡，逐漸隱成記憶的一部分；唯一不變的是，每一次的離家，母親依然會立在家門前向我揮手送別。是的，我還有母親，我的心便時時惦著要南飛——。

直至近幾個月，身心疲憊的我只好再度把自己丟進火車廂裡，窗外的景物已不再如年少時引起我過多的遐思，我只是靜默地任由火車載著我南北往返，不論白天或黑夜。而那一天終究到來，村路的盡頭，不再有一盞溫暖的燈光守候，那在夕暉中切切叮嚀、殷殷相送的慈顏，於驀然回首中，再也尋不著影蹤。我和兄弟姊妹們，時間一到便如漂鳥自四方紛紛飛返老巢，我們交談並在屋子裡走動尋索，嗅著依稀熟悉的氣味，發現沒有母鳥的巢，竟如此地空蕩寂寥，原來家的意義是因為母親而存在的。我必得接受生命的某個部分徹底地空了，只留記憶，而記憶如風。

我不知七七法會之後，再度四散的鳥兒，面對沒有母鳥守候的空巢，是否還會記得時時飛回，我只知道往後坐火車的機會，必定是極少極少了。而回憶的火車，正載著我的父親和母親，以及那一段溫馨美好的歲月，從此將永遠停靠在名為懷念的車站裡。

（人間福報副刊2006.04.08）

邂逅花田

黃昏時從豐原交流道下來，沿著神岡的方向而行，初時只是想下高速公路透透氣，後來被神岡這個地名吸引，隨意逛了一下之後，想到曾看過薰衣草森林以及天籟園、花田等的報導，但基本上並沒有很具體的印象，於是開往東勢的方向，亂七八糟的走了一些路，最後新社鄉間路邊的一位鐵工廠老闆告訴我，到薰衣草森林尚需再開往山裡去，至少要半個小時車程，由於天色漸晚，只好改問如何去花田或天籟園，幸好就在附近。

薄暮時分，我們來到了花田咖啡餐館，從二樓陽台上遠眺是連綿的葡萄園及幾抹遠山；花園式的咖啡館裡流瀉的是70年代美國鄉村歌曲，孩子們則津津有味地看著店裡漫畫——老夫子。

風有點大從田野中吹來，山腳下稀疏燈火如星，我沉浸在這交錯的時空中，有一些遠去的溫柔情懷輕輕地被撩起，在這鄉野葡萄園中夢一般的咖啡館裡，主人應該也是個築夢的人吧！才會有如此浪漫之舉。

七點半又開車上了高速公路，黑夜裡車燈如流，我們在車裡回憶著花田的布置、燈光、音樂、漫畫以及屋外的風光。這臨時起意出走的近三個鐘頭的時光，遂變成一顆閃亮的星，高掛在歸途的窗口，喜歡生命中這種未曾預設的驚喜……

（2006.07.10）

季節的陽台

清晨下了一場雨，滿山盡是溪水激昂的歌聲，不知何時空氣中開始布滿了秋的涼意。夏日凋萎的玫瑰仍殘掛在枝頭，而一朵朵新結的花苞，正等待著，綻放另一季的風華。晶瑩的朝露，映著灰亮的天空，透明的語言被風輕輕的吹起，又飄落——生命中無解的情緣。我仍沉湎於昨夜的夢裡，尚未完全醒來。

皎潔的野百合，高高地擎起美麗的花兒，六片雪白的花瓣，圍著蕊心齊向後慢慢地舒捲，彷彿有詩質般純真的音符流瀉而出——而孩子在六月灑下的向日葵種子，已然發芽茁長，歷經幾度颱風的考驗，倒了又起，起了又被吹倒，彎彎曲曲的莖桿，仍堅持向上伸展，追尋陽光，追求開花與結果的夢想。

終於花莖頂端結出了小小的花苞，由萼片層層地裹護著，隨著花苞的膨漲茁長，片片小花萼由外而內逐漸展放，露出了中央黝黑的管狀花心，彷彿蓄積著無限的能量，那蘊藏著千顆種子的能量——可以預見的，在逐日的釋放中，終將綻出碩大燦美的花顏。

於是我和孩子期待的生活角落，開始有一片暖黃的陽光照亮。

（人間福報副刊2006.10.02）

緣於秋風

憑欄遠眺，青翠的山脊上展開一片地中海藍的亮麗晴空，悠悠地幾朵輕柔綿白的雲朵飄遊著，與山腰間一帶蜿蜒的野薑花河相映成趣；深吸一口氣，彷彿可聞到自山谷吹來的秋風中帶著甜郁皎潔的花香。

看陽光很好，一時興起，自儲藏室拿出棉被洗曬，不經意間發現了一個靠枕，白色的棉布套面毛筆字大大的寫著「難得糊塗」四個字，另有一行小字及章印，雖比不上原作者鄭板橋的瘦硬拙趣，卻自有其圓轉韻味。我端視了好一會兒，便解下套子清洗，掛在陽台西側的晾衣繩上，不意一陣風突然襲來，將它吹落，我靠著護欄向下探看，只見布套像一片白花瓣般，自六樓乘風飄落，掉到一樓院子的水池裡。

我拾階而下，一樓因無人居住，院子顯得有些荒蕪，磚道旁茂密長著咸豐等野草，還發現山城較少見的紫茉莉亦雜生其間。我轉向屋旁的小路，差點迎面撞上一張巨大的蛛網——自屋角橫過路面斜掛在一棵高大的桂樹上，網中央有一隻手掌大的蜘蛛坐鎮著；我撿起一截小樹枝輕輕地把蛛網挪到窗欄上，側身而過，我想受到驚嚇的不只是我吧！我這外來的闖入者是否也干擾了蜘蛛清靜的好夢。

我小心攀著長苔的石塊，自滿池綠萍中撈起了我的「難得糊塗」布套，連著衣架濕淋淋地提回家，離開前還順手採了五顆紫茉莉的黑種子，對於一個成長於鄉野中的人來說，盛放在兒時屋前的紫茉莉（俗稱煮飯花），未嘗不是另一種熟悉的鄉愁。

再次把布套放入洗手台清洗，一葉葉細碎纖小的綠浮萍一一浮上水面，我攤開素白的布套，「難得糊塗」的字跡清晰地顯現水中，襯綴著點點的翠綠浮萍，一時之間竟有說不出的感動，驚嘆眼前：好一幅美麗的畫面！久久捨不得放下。

我小心翼翼的再度把「難得糊塗」晾在晴天下，希望秋風不要再把它吹跑；又撈起浮萍養在瓷碗中，放在陽台上賞看；又興起，放了一小撮在種著睡蓮的陶盆裡，看著棲游在端靜荷葉間的浮萍，顯得格外安恬，心裡愈發覺得有意思極了。

人到中年，彷若時序入秋，漂泊的身心一如秋葉，終於找到了安身立命的土地，不再浮萍般的漂流無依。生活日漸簡素，心靈追求自在自足，而凡事若能「難得糊塗」看待，大智若愚，笑笑也就過了。

（人間福報副刊2006.10.20）

善意

在房間裡，赫然發現掛在椅背的襯衫上，鑽動著一隻馬陸，起初有點驚懼，定神之後，我拿著紙板將牠引出放生於陽台。突然暴露於燦暖陽光下的馬陸，本能地鑽入濕暗的縫隙裡，我彎著腰端視著，等待牠爬出來再瞧個仔細些，等了好一會兒見牠仍不動，便先回屋內去煮咖啡了。

當我端著咖啡出來時，馬陸已不見蹤影。我想到一個住在山野的朋友，為了在人生的後半歲月，實現自然環境復育的理想，常需獨自面對大自然中無法預料的危險，他說夏夜裡，可能會撞見月光下在他家院子裡散步的巨蛇，屋子內窩在褲管裡安眠的也許是一隻大蜈蚣等等，當下聽得我目瞪口呆，但他依然氣定神閒的說：「大自然還是有它的善意與法則，大部分的生物，只要我們不去侵犯牠，牠也無意傷害我們。」

住到山城，我慢慢的體會出這個道理。有次我在陽台削蘋果吃，濃郁的蘋果香氣招引了蜜蜂來分食，只見牠們無視於我的存在，在削下的果皮堆裡嗡嗡然地鑽進鑽出，渾然忘我的吸食。我嘴裡邊嚼著香甜的果肉，邊看吃得津津有味的蜜蜂，彷彿也能感受到蜜蜂的興奮與滿足，就這樣我和蜜蜂們共同享用了一顆蘋果。我想大概是我對蜜蜂毫無敵懼或驅逐之意，而牠們似乎也感受到了，才能如此地安然放心吧！

善意與愛可以化解我們的恐懼，讓我們勇敢、智慧地去面對生活中的一切。我的確能感應到背後那一股磁石般巨大的能量，一個微笑，一個眼神，一個慈悲的意念，便能轉化疑懼與對立，有如春風拂來，世界頓時洋溢著馨美、喜悅的花香。

（人間福報副刊2006.11.05）

我的遊樂園

在陽台，其實是不太能專心看書或者做事的，往往一朵新開的花，突然瞥見一個很美的畫面，或是各式各樣的禽鳥、昆蟲來訪，甚至一陣溫度正好的風兒吹來等等，都可能勾走了我的注意力，欲留住那美好的瞬間，來不及畫，於是相機便成了我的貼身之物，這也是為什麼我待在陽台的時間，總比屋子裡還來得長的原因。

我的陽台可說是我的遊樂園，我總是像個孩子般，對周遭的一切充滿了新奇與美的讚嘆，而所有的生物也總以牠們最自然的狀態呈現在我面前。比如我曾驚訝地發現蒼蠅竟然也吃花蜜，陶醉地賴在金露花叢裡久久不走，甚至飲起香茅草葉上的露水，始發覺原來自然界中的蒼蠅也是有靈性，絕非一般所識俗穢之物。

而當孤挺花熱烈地迎風綻放，那「抱葉隱深林，乘時慧慧吟。如何忘遠舉，飲露已清心」的蟬，於夏日高歌完之後，虛弱地掉落在我的陽台，我小心翼翼的將牠放在茶花枝幹上，牠卻又悄悄地失蹤了，牠讓我看到生之時的熱情，死之前的莊嚴。至於荒棄一旁的花盆，內盛的泥土已然乾裂，沒想到春風一吹，枯寂的土面竟然紛紛竄長出美麗翠綠的新葉，我看見了生命就像神蹟一般，充滿難以言喻的感動。

每天陽台都有不同的故事，被風傳頌著。而我在我的遊樂園裡獨自地玩賞、沉思與閱讀，任由季節遞嬗，大自然的一花一草，一蟲一鳥都是開示我的老師。

（人間福報副刊2006.11.22）

藍色迴旋曲

這個世界，依舊按著它自己的節奏在運行著，寂靜的空間裡，有多少種子，或藉著冠毛、薄翅乘風飛翔，或以裂開、附著、扭彈等方式，尋找其著生之地，以延續生命。

因此六樓陽台上栽種的盆花裡，經常會有不速之客棲落，然後便理直氣壯的抽芽茁長，而我往往也難免婦人之仁，只要不妨礙原植物的生長（當然多少還是有影響），基本上並不太去干涉它，因之，陽台上外來落地茁長的植物有：酢醬草、黃鵪菜、焯菜、藿香薊、兩耳草、雷公根、假人蔘以及其他不知名的野花雜草。

近日，我發現馬齒莧的花盆裡，竄長出一株屬於旋花科的人字草，長橢圓形互生的葉子間，腋生出兩個小花苞，清早在薄薄的晨光中，其中一個花苞終於綻放開來，藍色淺漏斗形的花瓣，如一襲旋開的圓裙，在朝陽下薄而透亮，顯現出絲質般的柔美光澤。然而那藍色雖清麗如晴空，卻也撩起了我內心深藏的憂傷。

母親逝世之後，有好長一段時間心情處於茫然而沮喪的狀態，彷如頓然揭開生命的謎底——原來只是一個「空」字，再怎麼摯愛的人，終有一日將會離你而去，從此再也摸不著、尋不到，就這樣憑空的消失了。是的，生命終究會消隱無痕，今日的努力、愛與夢想，當終點來臨時，啥也帶不走。於是猶如眼前這一朵藍色小花，渺小而沉默，我孤零零的遊走在這世界上，不再執著於情愛，沒有目標，也不再在乎什麼，只想孤獨而平靜的終老。但當生命不再有夢想，不再對周遭的一切感興趣，心如古井水時，卻又讓我提早品嚐到另一種「死」的苦楚。

我如冬蟲般蟄伏在這山城裡，日日與橫在眼前的那一抹青山相對，山頂的白雲是唯一流動的風景，在無邊的靜寂中，物換星移，我的耳朵逐漸地聽到蟲鳴鳥叫聲，我的眼睛開始看到花朵綻放的燦爛容顏，我注意到幽密樹林中那溪流日夜的歌唱……大自然的一顰一笑，開始轉移了我的注意力，開啟了我悲傷幽閉的心門，當我為不經意間發現的美而驚嘆時，我知道生命裡那一泓死水又開始潺潺地流動起來了。

生命如飛蓬，漂流於人世間，這短短的一世，我能做什麼呢？生命的意義或價值何在？我無法回答。但當我眷念思懷母親時，我同時也感到了母親和煦的愛，誠如我愛這一片山林，而它也藉著各種方式，讓我感知它的愛。或許愛是宇宙的核心精神、生命的原動力，它存在於各種形相之中，體現世界的美好與合諧，卻又是超然於形相之外的永恆存在。寧靜致遠，孤寂的生活，讓我得以漫遊於心的宇宙，觸及了那溫暖的光芒。

雖然「未來」終有盡頭之時，因為愛，讓我珍惜每一個當下的感動，如跳躍的音符，或許漂泊的生命也能譜成動人的樂曲吧！人字草的藍色小花，旋開了美麗圓裙，旋出了憂傷，兀自在晨光中盡情地獨舞著。

（人間福報副刊2006.12.10）

默劇

燦爛的朝陽自天宇垂照大地，散播著欣悅光亮的芬多精，我深吸口氣，頓感全身舒暢清喜，遠眺峰巒連綿，蔚藍的天空正悄悄地收起輕覆的嵐紗。

我的注意力被右棟一樓院子裡的活動所吸引，我看見穿橄欖綠上衣的男子捧出了一疊帽子，猶豫了一下，把帽子一頂一頂的掛在院子中一棵已掉光葉子的禿樹枝上晾曬，之後陸陸續續其他幾棵相同的禿樹，也都掛上了圓頂紳士帽，成了逗趣的帽子樹。從樓上往下看，只見兩棵樹被大圓包小圓（帽簷是大圓，帽心是小圓）的給串連起來，大多是黑色或咖啡色，間雜一兩頂灰白或磚紅，於是兩樹之間遂開滿了一朵朵的帽子花。

我看著這一幕，彷彿在看卓別林的默劇，或是闖入了魔術師的後院子裡，而樓下的這一戶人家怎會有這麼多的帽子，已不在我的理解範圍之內了。或許每個人都有他特別的偏好與收集吧！有人收集鞋子，有人收集洋傘、印章、瓶子、杯子、髮夾、創刊號的雜誌、郵票、貝殼、畫作、古董、美酒等等。年少時期，我喜歡收集書籤，浪漫美麗的畫面，配上幾行詩意的文字，令當時的我愛不釋手。如今我迷上用鏡頭收集所有美好的瞬間，真切體驗了雕刻家羅丹所言：「美是到處都有的，對於我們的眼睛，不是缺少美，而是缺少發現。」有一段時間我曾試圖收集愛，卻發現愛是如此地變幻不定，難以捉摸，甚至最後顯現的只是「虛空」；我終於了解愛是不能向外收集的，它就像手中的白鴿一樣，必須自我們的手中放出，然後有一天它必會飛回。

黃昏時，我又好奇的站在陽台往下探看，布滿帽子的院子裡，只見一隻肥胖的白貓攀在樹幹上，想用爪子去勾樹枝上的帽子，一陣風起，搖晃的帽子們似乎益發逗得貓兒心癢，牠更加賣力的揮動爪子，但努力了好一陣子仍然徒勞無功，那胖貓只好喪氣的走到院子一角，無精打采的趴伏著。過了一會兒，換上橘紅上衣的男子走了出來，將院子裡的帽子一一的疊起收走，沒多久就全部淨空了。恢復原狀的院子如夢初醒，彷彿啥事也沒發生過。生命的河流是否也如此，所有曾經的浮光掠影、激浪飛花，當流至盡頭時，終如船過無痕，一切消隱無蹤，恍如一場春夢——但或許背後有一些內蘊牽扯著我們思索吧！像一個隱喻，至於體悟便端視個人慧心了。

（人間福報副刊2006.12.22）

尋寶

所居住的山城有個挺好的傳統，即每年歲末會舉辦跳蚤市場，居民趁大掃除時，將用不到之物來個互惠流通；但平日若有誰搬家，需要處理家具、物品等，也會自辦小型的家庭拍賣會，其實是蠻有趣且具意義的事，因此平時雖深居簡出，我仍喜歡那一份惜物及交流分享的氛圍，除此也可順便參觀別人的居家設計及擺飾，或者大玻璃窗外不同的山景視野，當然還有尋到寶時的那一份喜悅了。昨天在公布欄看到附近一戶人家於今天舉辦家庭式的跳蚤市場，於是吃過早餐便帶著女兒尋寶去。

我們在主人的屋子裡東逛逛西瞧瞧，此次展賣的大多為生活用品、衣物、書籍等等，而小小的會場裡，竟遇見了六、七年前參加福智全國教師成長營的朋友，這世界很大也很小，只要有緣必然還會再相逢吧！女兒最後挑了一個小熊背著綴滿玫瑰花的杯狀陶器，一盒進口的粉彩筆，我則挑了一個附有泡茶濾心的美麗陶杯，一個直徑約四十公分的圓形玻璃花缸，一幅拼布縫多功能手工掛布，外加一本雜誌，總共才花了三百多塊。物美價廉固然令人開心，但最讓我雀躍的是那本花十元買的雄獅美術二九四期的雜誌，對我來說卻是如獲至寶，因為雜誌封面是徐悲鴻於一九三九年為弘一法師的造像圖，內頁收有法師的油畫《寧靜》及各時期的書法墨寶、手抄經書，甚至最後的絕筆字「悲欣交集」。

我閱讀著弘一法師的相關文章，想像著一個無論是音樂、戲劇、繪畫、詩詞、書法金石等無不精通，多情耽美，生活多采多姿，光芒四射的一代才子，卻於三十九歲青壯之年落髮為僧，自此藏盡鋒芒，褪盡華彩，過著自律甚嚴，清樸儉苦的修行生活，這之間的轉折點到底為何？著實令很多關心他的朋友想不通，於我當然更難以揣摩了。我想必定是有所啟發、澈悟或宿慧者才能如此吧！

傍晚時我坐在陽台再次翻閱此雜誌，暮色一點一點加濃，直至眼前的山巒成了黑色的剪影，一輪明月自東方山頂逐漸露出臉來，天空顯得特別灰暗，逐漸上升的皎潔明月，徘徊在烏雲之間忽隱忽現。我默默讀著蔣勳寫給李叔同的詩《悲欣交集》：

「……他們說的／所謂繁華／只是前生／忘不掉的／一次花季／／等詩寫完／戲劇終了／等色相和／歌聲／一一捨去／你相信／專心看花／開落／就可以領悟了／淨土……」

雖然弘一法師晚期的書風，已至淡泊虛淨的境界，但我端視著他涅盤前所寫的「悲欣交集」四字，卻總覺迴光一般，字間充滿感情，彷若千言萬語。世間的寶物，或許不在於有形之物本身，而是藉物所呈顯的意義吧！我在山城尋到的寶，不只是一本十多年前過期的舊雜誌，更覺捧在手心的是穿過時間，拂去紅塵，發光的一顆信仰心志；而書中的弘一法師則越過了人間的繁華，尋到了他安頓心靈的寶地。

我抬頭望月，不覺之間，月已升至中天，烏雲不知何時早已散去，青空朗朗，明月皎皎，心中若有所觸，天地無言，一切，盡在靜默之中——

（人間福報副刊2007.02.25）

閒情

昨夜上山時，突然下起了大雨。一早醒來，盈耳盡是蘭溪豐沛的水聲，嘩啦地穿過茂密的林樹，迴響在山谷之間；山嵐如一襲輕紗，逐漸向東撤走，露出西方一片晴藍的天空。

我坐在陽台，聆聽水流激昂的歌唱，眺望春山蒼翠的膚表——由濃密的叢樹所構成的肌理，深淺、亮暗有致；一面山壁，彷彿一幅巨幅的畫軸，沿著那連綿的林樹，神祕的黝深處，蜿蜒、點畫出一蓬蓬亮麗的樹形，令人不覺悠然神遊於其間。

忽地，一朵紫色的金露花緩緩自我眼前飄下，落在盛著淺水的造景石盤上。陽台上共有三件造景石，是前任屋主留下的，我接手時已處於荒乾狀態，經過一段時日的水露滋潤之後，觀景石面上逐漸長出了綠色的青苔，石色更顯潤澤甦活，彷彿開始有了生命與表情，尤其置於金露花旁的這一塊觀景石，被放在一個湖綠色的大橢圓型淺盤上，那起伏峻折、明暗相間的岩石，猶如矗立於湖水中，水面上散飄著幾朵落花，倒映著天光，自成一絕美景致，吸引了我遠眺的目光，轉而徜徉於眼前這小小淺盤上的風景。始知所謂「一沙一世界，一花一天堂」，果真如是。

清朝沈復於《兒時記趣》中有：「以叢草為林，蟲蟻為獸；

以土礫凸者為丘，凹者為壑，神遊其中，怡然自得。」純真童稚的想像世界；而我則以奇石為巖，淺盤為湖，盆栽橫枝為濃蔭，任落花湖面自在飄流，於天光倒影之間，儼然一優美之世外桃源。於是我的心，我的眼，來回穿梭於這天地間廣袤的蒼山翠巒，與眼下的一方湖光山色，何謂大與小？何謂真實與虛擬？外在的一切色相，只是啟發，有人視而無睹，有人卻流連忘返——

蘇東坡《記承天夜遊》言：「何夜無月？何處無竹柏？但少閒人如吾兩人耳！」這美好的月夜，如水銀波，搖曳樹影，平日即存在於我們的生活周遭，然而紛擾紅塵，有幾人真能看到？只有「心」空閒下來了，始能容納天地萬物，怡然遊賞其中吧！而蘇軾亦曾於遊赤壁時有感：「天地之間，物各有主。苟非吾之所有，雖一毫而莫取；惟江上之清風，與山間之明月，耳得之而為聲，目遇之而成色。取之無禁，用之不竭。是造物者之無盡藏也……」故這天地之間無窮盡的寶藏，只有擺脫名利追逐、俗務纏身，明淨如鏡、澹然閒逸的心，才能真正享用。

亦即心，在這裡了，方能有所感動，而當下，未嘗不是一種最切確的真實。

（人間福報副刊2007.03.29）

因爲有光

光啊，我的光，充溢世界的光，吻接眼睛的光，芳香心坎的光！

唉，我的愛啊，光舞蹈在我生命的中心；我的愛啊，光敲奏我愛的琴弦……

蝴蝶揚帆於光之海。百合與素馨湧現於光之浪端。

光碎成黃金於每朵雲上，我的愛啊，光繽紛地撒佈無數珠寶。

——泰戈爾頌歌集

三月末梢，好不容易露臉的陽光，顯得格外的燦爛耀眼，彷彿金亮悅人的的音符漫天灑落下來，在光之中，我忽然瞥見山谷間第一朵油桐花，悄悄地綻放了，在這陰雨綿綿、晴雨不定、氣候錯亂的季節，大自然的生機依然有其內在的節奏。很難想像一個多月前它還是光禿著枝椏，卻在短短的時間內，甦醒、萌葉、結蕾，如今已是枝葉扶疏，葉上布滿繁密的花苞，正等待一個神祕的訊息傳來，然後盛放滿樹的清香瑩白。

而在生機蓬勃，春光爛漫的四月，我應邀在新店市立文史館有個小型油畫暨創作展。世新大學小世界的記者欲採訪，我請她將問題Email給我即可，其中有一題要我說明這次畫展主題。此時正是清明時節，紛紛的春雨，隱隱的雷響，我佇立陽台眺望著被煙雨霧嵐籠罩的山巒——以「因為有光」為畫展主題，主要是為了紀念我的母親。

當初在構圖這幅畫時，剛獲知母親病重的消息，那一段時間我南北奔波，內心卻是無比的悽惶，想著母親那逐漸細滑、顫抖無助的雙手，彷彿寒冬裡的枯枝；我好懷念母親昔日的雙手——粗糙溫暖的觸覺，有著厚實堅韌的生命力。每次從醫院回到老家，印象中那永遠透出馨暖的燈光，映著燦美的笑，恆展開雙臂迎接遠遊孩子歸來的家，如今卻陷在一片寂暗之中，緊閉的門，每一扇窗口兀自睜著黝黑空洞的眼，這個曾是我成長的地方，此時竟是如此的幽暗與陌生！我的世界頓時陷入一片荒涼，我渴望溫暖的光，我祈禱著一線希望。

我的畫尚未完成，母親仍然不幸仙逝了，守喪回來之後，我含著淚繼續這幅未完成的畫，繪畫總能讓我進入一種渾然寧靜的境界。我完成畫時，枯木林中那盞散發著溫暖的燈，竟成了母親的象徵，在我絕望空茫的心野，我感知道母親的溫暖，她並沒有消失，我知道她無所不在的慈愛，充滿在我的生活周遭。

光傳遞著一種神祕的訊息，撫慰了人心，使大地甦醒，也讓油桐花一夕之間漫山遍野的綻放。光裡有愛，愛中有光。世間萬物因為有光，始能顯現其存在的形貌；心靈曠野因為有光，生命才有了方向與希望。

（人間福報副刊2007.04.17）

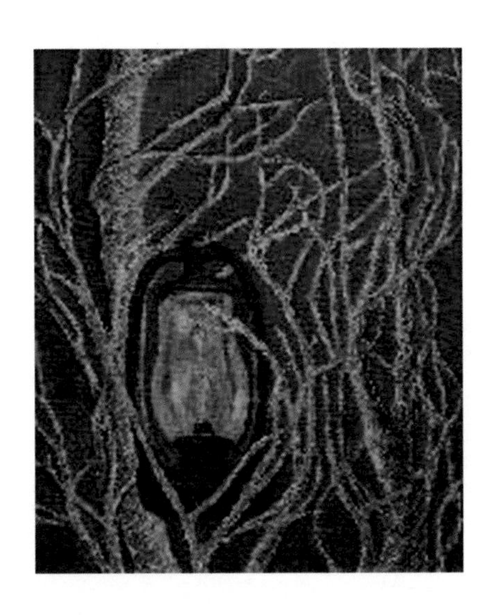

一棵花樹

第一次目光的觸及，內心便溢滿了幸福之感。我注視著陽光在她身上輕緩地移轉，皎潔花顏上明暗細微的變化，風輕柔地在花葉之間耳語，在秒與秒的間奏中，不斷的有花朵怡然乘風飄落，或單朵、或雙朵、或十數朵一起躍下，彷彿聽到某種呼喚——來自母親的大地，第一次感覺到花落也是幸福的。她們就這般祥和、寧謐地俯吻土地，有如依偎在母親的懷裡。

一隻白粉蝶來到花樹下，有好一陣子，牠就這般穿梭在飄旋的落花之間，與群花翩舞，或者群花與之共舞，牠好似迷失了，牠不知道自己是花還是蝶，而我也看不清楚誰是花，誰是蝶，如同莊周夢蝶，蝶夢莊周一般，在初夏和煦的風裡，啊！一切恍惚如夢。蝶戀花，花戀蝶，誰是誰？或許原本就不曾有過差別吧！它們總能喚醒心靈對春天的眷戀，對美好的嚮往，對青春華年的懷想——

記得鄉下老家屋前有一棵合歡樹，每到夏日便開滿了一樹淡綠色粉撲般的花兒，當年的我總愛留連花樹下，任散入空氣中那一縷縷的清香，牽引著年少善感的心懷越過屋後艷紅的霞光，飄向海角天涯。八〇年代的青年學子，很多人捧著席慕容無怨的青春，為她那一棵開花的樹而動容：「如何讓你遇見我／在我最美麗的時刻／為這／我已在佛前求了五百年／求佛讓我們結一段塵緣／佛於是把我化做一棵樹／長在你必經的路旁／陽光下／慎重地開滿了花／朵朵都是我前世的盼望……」那是一棵爛漫燦美的青春花樹，多少人走過，大多時候卻只留下一地凋零的嘆息。

二十幾年之後，冥冥之中的機緣，我竟被一棵花樹所牽引，在她最美麗的時刻，漂泊的心從此甘願落腳在她面前，日日與她相覷，看她花開花謝，葉落葉生，如此走過了四季，始知之前寫下許多頌讚她的詩文，都是為了這一刻的到來，她在我心靈極為荒涼的時刻出現，雖然她總是沉默，卻又充滿了千言萬語；是她讓我安靜下來去看這世界，於是我看到了生命的榮枯，發現了自然的愛，我也隱約瞧見了另一個自己，那個恆常在澄明深處等待著我的自己。

於是當四月的風吹開了漫山遍野的油桐花時，我守著我那一棵花樹，那是一棵心靈的花樹，每一次心眼的觸及，便如浴在充滿喜悅的光中，皎皎的幸福泉流裡，感恩無以言喻。

（人間福報副刊2007.05.08）

陽台上的手風琴

飛花如夢，轉眼間繽紛的盛宴已然落幕，只剩遠處的山谷間那最後的一棵油桐花樹，兀自雪白著；此時那一抹隱約的白，顯得有些孤單，依依不捨地頻頻回首正換新裝的山巒。是的，新的色彩正在峰巒之間蠢動著，五月雪已在山間消融殆盡，取而代之的是相思花鬱鬱的金黃，酸藤潑灑的珊瑚紅，妝點出五月的山另一種風情。

夏日我的陽台，常常縈繞著來自芬蘭的手風琴大師瑪利亞・卡拉妮葉米（Maria Kalaniemi）的獨奏樂音，隨著那顫動的音符，我彷彿看見光拍著翅膀，閃動於淒迷的月夜，棲歇在農舍初醒的寧靜屋頂上，徘徊駐足於窗邊，一轉身又迴翔縱情於原野之中，兀自低吟；在蒼灰、荒涼的天地間幽然獨行，不知何時，冷寂的雨悄然飄落下來，懾人心魂，清凜之至，這是如何的一趟旅程？「我將自己的身體當作風箱，與自己的手風琴一同呼吸，相互共鳴。」瑪利亞・卡拉妮葉米如是說。獨奏的琴音，悠緩地與自己對話，貼近靈思，引人冥想的鋪展出內在的極地風景。

我在亞熱帶的台灣，群山包圍的山城，心卻一直隨著手風琴出走，越過峰巒，飛掠山後的原野盡頭，我聞到了海的味道，我看見海面上跳躍閃亮的光花，展現面前的是一望無際的湛藍。或許藉由風箱的氣流振動簧片，手風琴發出的顫動琴音，總流露出滄桑、漂泊不定的情味。彷彿站在生命的港口，凝視著過往的船隻，以及未來的一片蒼茫海域，眩人閃爍的光花，像歲月裡的流光，令人眷戀與嚮往，那美麗的哀傷，那不捨的夢想，總讓人不自覺痴痴地深陷其中。

突地，自群山中發出的第一聲嘹亮的蟬聲，將我驚醒；琴音依舊，我在手風琴與蟬聲之間擺渡……。

（人間福報副刊2007.06.23）

青春的容顏

清晨山谷間吹來的風，帶著宜人的清涼，坐在陽台眺望山脊上的天空，即使是陰天依舊蔚藍，襯托出一大朵一大朵雪白的雲。剛浴洗完的女孩，打開紗門探出身來迎著我笑，頓時天空遠成了背景，一張清新綻放著燦爛笑容的臉，磁石般吸住了我所有的注意力，那來自一個十五歲少女芬芳的青春，彷若閃爍著露珠的百合花，微啟的花瓣似乎正要向這人間昭示——生命最青嫩蔥美的一頁。我不覺呆望著，內心充滿了讚嘆，如此美好！那似曾相識的容顏，引領著我溯向悠悠的時光之河。

曾經同樣光亮的眼神，越過嘉南平原遼闊的原野，時時凝定在一個不知名的遠方。總愛獨自徜徉於空曠的田野，駐足嘉南大圳旁，聆聽奔流的圳水，想像成大海洶湧的濤聲，世界就是這般敻遠地在眼前展開。而父親永遠的支持，以及對孩子自由、開放的教育方式，讓我的青春歲月，沒有太多的叛逆與愁苦，並能夠自主地去決定、去探尋未來人生的種種夢想。

因此，面對自己的孩子，我懂得欣賞不同的生命個體，懂得等待，更懂得將父母那份內斂的愛，化成實地的擁抱與讚美，故而兄妹倆即使已是青春期，仍然非常享受跟媽媽的擁抱與親臉；

他們獨立、良善而乖巧，知道自己要什麼，並努力去追求，一點都不需父母費心。尤其正面臨升學考試的女兒，依然每天笑盈盈的過得很開心，雖然她的功課稱不上頂尖，但在美術、音樂上卻是個挺有才華的孩子，更重要的是，她在充滿愛的環境中快樂地成長，這也是我以為所能給她的最珍貴寶藏。而我，常感謝上天的厚愛，孩子是我幸福的來源之一。

青春真好，那星亮的眼睛，紅潤的雙頰，燦爛的微笑，純真的神情，在藍天白雲襯托之下，我欣慰於一個美好、樂觀，充滿夢想的世界在我眼前展開。

（人間福報副刊2007.07.12）

旅行回來

旅行回來，山仍在，樹仍在，雲仍在，而家依舊恬靜地等候著我。

至於旅途中的種種，如船過水痕，瞬即散逝，少有停駐心湖者。我努力的從記憶裡去搜尋片斷——東京迪士尼的童話屬於女兒，二十幾年前就曾被太空山嚇壞的我只能陪著閒晃；北海道夕張市素有「金黃色幸福的美味」之稱的哈密瓜，果然香甜幾乎入口即化，卻因無限量供應而沖淡了耐人尋味的魅力；富良野花田，雖令人驚豔，然加入太多人為編植、設計的圖案色塊，絢爛有餘卻無法令我有更深刻的感動，大概與想像中一望無際，數大是美的紫色薰衣草花田有所出入吧！眼前只是一片刻意美化的山丘，總覺少了大自然遼曠深遠的氣勢。

拓真館裡前田真三的鏡頭下，捕捉了美瑛之丘優美的起伏線條與光影的變化，倒是比實景更添想像力。至於標榜具有歐洲風情的小樽運河，及羅曼蒂克的古老街道，同樣因為之前的想像力過度膨脹，故而親臨其境時，便感失望了。其他許多走過的地方，大皆如是。因此旅行回來，搜索腦海裡值得回憶的景物，總覺寥寥無幾了。

也曾想過心情如此「波浪不興」，是否隨著年齡的增長，以致心境有所改變的關係，不再輕易的興奮與激動，不復十幾年前一個人獨自提著行李，從台灣到北京，再至語言完全不通的蒙古國會友人的豪情，或者看過內陸邊地的大山大水，以及歐洲的文化風情，相形之下日本便因而顯得遜色了；但我還是頗為敬佩日本人的做事原則，他們的民族性對於唯美的執著，雖已到了刻意的地步，但是把一件事情做到盡善盡美的追求精神，凡事認真的態度仍是值得效法的。

回想旅途中尚值得一提的，或許是夕張的溫泉之夜吧！子夜初始，泡湯的遊人漸散，我獨自步入室外的露天湯池，閉目享受溫泉熱情的擁抱，將所有的塵俗瑣事放空，漫天覆下的是夜晚的寧謐，直至汗珠沿著額頭眉梢滴落，我起身把自己掛在池邊的躺椅上，任涼爽的夜風輕輕吹撫，寂靜的夜，只見池面上的蒸氣氤氳上升，模糊了闃黑背景浮雕出的搖曳樹影，而我此時飄飄然成水面上的柔波，夜空裡的雲朵，一縷裊裊上升的水煙，感覺形體逐漸消融，化入風中，與風合而為一。那真是一次奇異的體驗。

旅行回來，我收到自層雲峽旅館寄給自己的一張明信片，是前田真三之子前田晃的攝影作品——遼闊蔚藍的雲天之下，紫色的薰衣草花田，間隔著一排綠樹，金黃色的麥田在遠處染向天際，明美的風景旁有我當時的心情，提醒著自己：「永保生命的熱情」。

（人間福報副刊2007.08.19）

寧靜之外

晨醒，望向落地窗外，灰色的天空下，蜿蜒著蒼翠的山脈，無風無雨寧靜的大地。於是起身清掃陽台上滿地的落葉，想到昨晚上山來，那不定時突起的狂風搖窗吶喊，夾著蘭溪洶湧澎湃的水流聲，呼嘯過山野的駭人景象，更加地襯托出眼前的寧靜；彷彿做了一場夢，醒來，清明的世界尋不著一絲夢痕。

我把長椅擺好，將溼透的棉織坐墊、背墊、小桌巾及靠枕的套子，丟入洗衣機洗，撿起木櫃茶几上被吹落的小檯燈，燈泡破了，幸好燈座無損。沖淨地磚之後，整理了一下花台，發現金露花枝上掛著的蜂窩仍在，但蜂窩上擠疊鑽動的蜜蜂全失蹤了，只見幾串紫色的花朵在枝頭上綻放著；我把番茄和小黃瓜被吹掉的藤蔓，重又掛回竹架上。忙完了清理工作之後，終於可以為自己煮一杯咖啡，坐在陽台唯一沒被淋濕的椅子上吃早餐。

四周安靜得出奇，只有輕柔的風穿過枝葉間引起的騷動，以及一隻黑色大鳳蝶自花間悠悠地飛過，除此之外，連平日愛熱鬧的蟲鳴鳥叫都頓時消匿無蹤，不知牠們到那兒避難去了？這才注意到音響裡傳來的音樂，因空間的靜謐而凸顯出其鮮明的節奏，那是張由年逾七十的古巴首席女歌者Omara所唱的「愛的花朵」，因暑假期間被我一而再的播放，已成了習慣的背景音樂，陪伴著我日夜的作息。每隔一段時間，我總會隨著當下的心情及愛好，而特別喜歡上某一張CD，常常一放就是兩三個月，聽到所有的音符融入了血脈，成了生活的一部分為止。當初選上這張CD是因為它充滿節奏感的拉丁音樂與輕柔優雅的歌聲相結合，聆聽之間感覺潛藏體內的熱情逐漸地被點燃——想起陽光下發亮的黑眼睛，熱帶沙灘上的月光與歌唱，黃昏露台裡的浪漫輕舞等等，讓人忍不住想離開熟悉的空間，去冒險去流浪，到一個完全陌生的地方……。

直至午后，天地依舊安靜得像一定格畫面，渾然不覺有一些密語在林葉間靜靜地傳遞著，然後彷彿約好似的，二點五十分，那隱形的指揮棒一揮，禽蟲齊鳴，嘹亮的聲浪突地襲來，還真讓我當下吃了一驚。像猛地衝過來一個大浪之後，慢慢潮退，嘹亮的蟲唧漸漸隱入了山野間，與溪流的吟唱共譜大自然協奏曲。我的陽台終於恢復了往日的聲息，而我仍讓Omara的歌聲繚繞，雖然我已旅行回來，為了履行承諾與責任，但卻不是我真正想去的地方。生命的節奏仍處於低緩、無力，找不到主旋律的混亂，我知道寧靜的表象之外，有一趟心的旅程正等著我去探索——

（人間福報副刊2007.09.28）

山居隨筆

在層巒翠峰上閃動著的，那晶燦耀眼的陽光，將昨日的陰寒煩擾驅離，代之的是一份充盈內心的清喜。我隨手按下CD鍵，是學佛的大姐送的讚頌交響歌樂，寧靜空間頓時被優雅莊嚴的樂音所充滿，「我以海潮音，讚佛功德海，願妙讚歌雲，飄臨彼等前。」

父親去世之後，大姐成了虔誠的佛教徒，她一心想要引領弟妹們進入佛的殿堂裡，無奈我們或塵慮或執念太深，總仍在門外徘徊，甚至有時手足聚會，來一場宗教大辯論是常有的事。信仰是不能說信就信的，那諸多的疑問難以消除，心境的歷練未臻清明，何能看清，何能體悟，或許有些冥頑不靈，但如果那是歸路，總也是需要時間的探索過程吧！

順其自然，向來是我的處事態度，心到了，一切就自然了。我面向青山高舉雙手，深深吸了一口氣，那疼了近一個月的右臂膀發出了抗議，我不理會又踮起腳尖繼續將手臂往上舉高，閉著眼感受被陽光烘過的晨風，迎面拂來格外宜人。睜開眼映入眼簾的是蔚藍的天空，柔白的雲悠緩地移動著，一朵朵輕輕地暈散開來，又慢慢地與別朵雲融聚在一起。如是，不斷地上演著聚散戲礙，卻仍這般的從容自在。

我看得渾然忘我，及放下高舉的雙手時，才深感臂膀的痠痛。我注意到不遠處搖曳著五節芒的溪旁，有一棵樹，灰藍的葉色，相較於週遭的綠，顯得特別而美麗，而立在其右前方的是滿樹凋黃的油桐，很難想像五月時，它曾是一棵如雪花滿樹綻放的飄逸花樹。或許時間在我眼前留下它的痕跡，這一榮一枯如詩的字句，要我閱讀，甚而領會其背後的深意吧！

這個清晨，我推開手邊排滿的工作，讓自己偷閒一下，專心聆賞那配以優美交響樂，或清亮出塵，或渾厚低沉的讚頌歌聲。記得昨日傍晚，心血來潮首次播放此片CD，正沉浸在那莊雅和美的樂音中時，突然對面山寺傳來鐘鼓聲，彷彿敲在讚頌樂的音節裡，兩相融合，頓覺天地是一座大寺院，而我們都在修行之中。

（人間福報副刊2008.02.29）

靜聽那聲音

沉眠的山谷，彈起一聲清脆的鳥鳴，啄開了夢的白紗；寂謐的湖面，一陣輕風呢喃而過，盪起的漣漪是甦醒的微笑。

一整天，我不似往常般讓屋子充滿了音樂，我聽雨絲細語或者情緒激動的沙沙低訴，聽煙嵐與山巒神情肅穆地不知在商議些什麼，聽鳥叫聲不定時的彈起又落下，間或穿插遠處一兩聲寥落的狗吠；聽風穿過葉間，窸窣地說了些什麼話，聽拖鞋踏在木板上理直氣壯的聲響，聽杯子與水潄潄的爭論，聽烤麵包機完成任務時愉悅地「叮」的一聲，聽鬧鐘猛然驚醒的亂叫……。

從來我不曾仔細的傾聽這些日常的聲音，我想這應緣自於前晚自畫室回來，搭上最後一班捷運，平素一上車便累得閉目養神的我，彼時竟格外精神，亮睜著眼打量起車廂內的乘客，然後吃驚地發現：幾乎人人或耳朵塞著耳機，沉浸在各自隨身聽的音樂裡，或眼睛盯著手機銀幕打電動、傳簡訊，或嘴巴對著手機哇啦哇啦的哈拉，眼神飄在另一個對話空間裡……我突然莫名的眷戀起這真實生活空間裡的一切，我側耳傾聽著捷運車快速地在軌道上滑行的聲音，聞著夜晚車廂裡的氣味，看著車廂外巨幅的廣告畫板，我怕一不留神，心魂便被科技的產物給擄走了。

而我更想聽到的是我自己的聲音，端坐在這山谷中的陽台，寂靜是一面鏡子，我凝視著我自己，那聲音來自內心深處，身陷紅塵中昏昧的我，聽起來卻隱隱約約斷斷續續，我渴望清醒，能夠把那聲音仔細的聽清楚。

（人間福報副刊2008.04.15）

人間四月天

時序煦暖晴和，整天多風，打開的門與窗，成了風追逐嬉戲的場所，陽台的花木被搔得咯吱地抖動著，有時成群結隊的呼嘯而過，越過山谷，隨意翻動著林樹，無意間翻出了山深藏的美麗心事。迎面任由風不斷的撩梳，頗有「馮虛御風，遺世獨立」的曠放，只覺塵慮盡消，身心舒怡，無限和暢。時而陽光穿出雲層，灑下一片耀眼的光燦，陽台前那一棵結滿花苞的油桐，便在無邊風光中，如待嫁的新娘，欣喜地靜候那夢想、光輝的一刻。

記得三月時，油桐旁那棵不知名的樹，早換上了一身鮮嫩的新裝，整片山谷也悄悄地這裡一蓬那裡一蓬的彩上鮮黃嫩綠的顏色，大地已甦醒了，只有那棵油桐依然故我地沉眠，枯禿的枝椏靜靜覆著冬日的滄桑，彷彿被春天所遺忘，我無端的為它著急，揣想著是否油桐的魂仍在溟漠之間神遊，以致錯過了季節遞更的訊息。眼看三月都要盡了，我才在相機放大的鏡頭裡，發現了那禿枯的枝梢，不知何時被偷偷地點上了幾筆圓頭綠點，到了四月初幾乎所有枝椏已繽紛地被點滿了，然後就在你一不留意間，那綠點又悄悄地伸展出咖啡紅的芽葉，於是你終於放下了對它的掛念，一轉身，又驚見它已是滿樹如蓋的綠雲了，變化之快速簡直令人目不暇給。

如今一簇簇的綠葉托著圓錐頂生花序，正蓄勢待發，其間有幾朵已迫不及待的綻放開來，我想下次回來，撞見一棵雪白的花樹，應不至於太讓我驚訝，只因這四月的風如是煦美動人，彷彿帶有神奇的魔力，萬物薰薰然陶醉其間，展現出勃發的生機，連油桐再過去那棵五月底才開花的相思樹，也等不及的染滿了一樹陽光般的燦黃，桐花飛雪相思流金已不遠了。這讓我想起了林徽音的詩：「你是一樹一樹的花開，是燕／在樑間呢喃，——你是愛，是暖／是希望，你是人間的四月天！」

於是打開四月，天空亮了起來，雲朵流連的足跡，一路踩響金色的鈴噹，在興奮的鳥唱，花兒的仰望裡，旋律輕快而舒暢。那沉默的山巒，紛紛吐出一朵朵鵝黃淺綠的詩句，語意閃著眩人的光芒，我聽到每一片抽長的花葉柔嫩的歌聲，讚頌著生之喜悅；我看到漫天灑落的金亮音符，是春天的愛與祝福……

仲夏的花約

含羞草開花了！自葉腋間撐出一團拇指般大的粉紅色圓球，像支小棒棒糖般，令人懷想起故鄉的田野以及無憂的童年。愛逗著含羞草玩，羽狀複葉稍一碰觸，便迅速的閉合下垂，總要等個十幾分鐘才見它再次慢慢地探首展葉，如此的自閉、敏感與羞怯，我彷彿看到了孩童時期的自己。

生命中總會有一些植物，被種在一條條回憶的路口，指引著我們重訪。記得老家屋前的那棵合歡樹，父母忙碌的身影與慈愛的臉龐，手足間的嬉玩與歡笑，樹總默默地在一旁見證了這段天倫之樂的歲月；即使後來因道路拓寬，樹被砍了，父母相繼仙逝，手足分散各地，那棵合歡卻永遠蒼翠地屹立在我的心土上，一如當年。而村中廟前有棵三百歲的大榕樹，在分叉的樹幹間，形成一舒適可坐臥的凹處，許多天馬行空的想像、綺麗的夢都在這裡編織，它是我少時獨處的祕密基地。更難忘那翠綠的絲瓜棚，在村郊田野中的紅磚圍牆內，瓜棚上茂密的葉間綻放著朵朵亮黃的花兒，而圍牆外是風一吹便波湧起千頃金浪的稻田。多少個夏日午後，我膝上擱著書本與阿嬤坐在瓜棚下閒話家常，阿嬤總是一襲青布衣衫，斑白的頭髮在腦後綰了個髻，幾根銀絲垂落額前在風中飛舞著，配合著起落的話語與偶現的寂寥眼神。絲瓜棚記錄了我青澀少年的善感與多情。

那一樹樹艷烈烈的木棉花，高立在峻折的枝幹上，無需綠葉陪襯，如一朵朵紅蓮，綻放於羅斯福路上蔚藍的天空下。堅持人的獨立、自由原則，不願屈就世俗對女子的框架，木棉花是注定這初戀，將以悲劇收場的鮮明圖騰。多年後，我把巢築在一條美麗的楓樹街旁，隨著楓葉的嫩紅、青翠、轉紅、凋落，疊映著孩子茁長的身影。那是個九月初的清晨，穿著嶄新白上衣、藍短褲，背著新書包欣然走在楓樹下紅磚道的兒子，金色的陽光從樹葉間篩落，在孩子的短髮上，白衣上閃躍著，身為母親的我無由地深深感動著，這一幕從此定格在心版上；每當看著那高出自己許多已長成壯碩青年的孩子，我的眼光總會穿過歲月，回到那個楓葉蒼翠充滿陽光的清晨。

朋友送我一棵千年木，名字總令人遐想一段不渝的情感，一種堅持與守候，它默默地陪伴我度過十幾年的歲月，陪我詩、陪我歌、陪我夢，多少個起風的日子，我與樹獨舞。後來千年木的根部冒出了新株，新生代在另一個好友的陽台被照顧得很好，時間不斷的流轉，生命亦如是。那是個初夏的黃昏，我被一棵雪白的花樹所吸引，因而開始了半山居的生活，隨著四季的嬗遞，我凝視著一棵油桐的開謝、榮枯，展開彼此之間的交流與對話，它有如引領我重返自然生活的老朋友，開啟我下半生山居歲月的緣色扉頁。

「在生命的每一個驛站／我以花命名／並且植成沿路的風景／也許多年後暮冬的一個黃昏／傍著雪光／再度展圖尋索／重溫那每一次花開的悸動」——想起早期詩集，首卷的卷頭詩如是寫著。而一路走來，深深感覺到生命中每一個階段，總會有一朵花、一株植物或一棵樹，成為鮮明的路標，連綴成一生的風景。十八年後，雖未至暮冬，亦尚無雪光，卻在一個仲夏，布滿蟲鳴蛙鼓的黃昏，迎著山谷吹來的清涼薰風，我再度展圖重溫那與每一棵樹、每一朵花邂逅的悸動。

（人間福報副刊2008.08.20）

秋風裡的祝福

起風了，九月初幾陣午後雷雨之後，空氣中隱約透著一絲涼意，秋天的氣息正悄悄瀰天漫地而來。

秋天的陽光，閃爍金箔一般的輝燦；秋天的山谷，芬芳雪白的野薑花流溢成河；秋天的風，是鼓滿的帆正等待一段新的航程。秋天裡，負笈他鄉的孩子開始打包行李，懷著興奮的心情展翅飛離庇護的羽翼；因此秋天的母親，隱隱有一絲絲揮之不去的不捨與傷感，有如一棵告別葉子的孤樹，頓感蒼涼。

其實台灣很小，不能算是離鄉背景，但想到以後無法天天見著，當母親的便難免有點婆婆媽媽了。倒是青春正茂的孩子，對未來充滿了憧憬與夢想，閃動的灼亮眼神，迫不及待地要奔向遠方。

而這旅程，母親只能祝福與鼓勵，無法同行了。記得孩子三歲時母親便開始帶著他去旅行，從國小自製繪本《跟媽媽去流浪》，到畢業那年夏天，在澳洲農莊裡偎著熊熊的爐火，母親發現孩子竟能安靜且興致盎然的，整夜聽著大人講話而不覺疲累無聊。然後一眨眼，已是經過國中基測考驗，長成瘦高蒼白的少年了。母親問孩子想去哪裡玩，孩子竟然出乎意料之外的選擇被聯合國列入世界文化遺產之一的柬埔寨吳哥窟；母親驚訝於孩子的主見與心靈成長。

高中時期，孩子一直懷著建築的美夢，母親在孩子參加畢旅的背包裡，發現《漢寶德給青年建築師的信》及《十月的天空》兩本書，心裡雖納悶著畢旅怎有時間看書？卻隱約感受到孩子的堅持與心志。終於考完大學，為兼顧選校，孩子加填了一個相關科系，沒想到竟與心愛的建築系擦身而過。孩子看起來沒有太大的失望，倒挺樂觀的決定再努力一年參加校內轉系考；而母親腦海裡浮上「天將降大任於是人也，必先苦其心志，勞其筋骨，餓其體膚，空乏其身，行拂亂其所為，所以動心忍性，曾益其所不能。……」嘴裡卻語帶開玩笑的安慰孩子說：「上天一定有祂的用意，祂要考驗你想讀建築系的決心與毅力到底有多少！」

每一個學程的結束，帶孩子出去見識外面的世界，以拓展其視野，似乎已成了一項儀式。八月放榜後，母親與孩子決定到加拿大半自助旅行，幸運地因有當地友人熱誠的協助，終能順利地完成預定的行程。半個多月裡母子倆形影不離的相處點滴，歷歷在目，尤其兩人在溫哥華史丹利公園因不斷走錯路，而坐在木桌椅上笑到直擦眼淚的情景；逛華人開的大統華超市，孩子一出來馬上就走錯方向，因此在維多利亞萬花織錦的布查花園裡，母親對孩子的方向判斷已不太有信心，但仍然願意跟他多繞一些路。母親發現孩子有太多來自她的遺傳，如有點路癡，直覺認定的方向總是與事實相反；動作慢條斯理，即使心裡急，手腳動作仍無法改變其固有的節奏等等。但母親欣慰的在孩子身上發現其對美感的敏銳度及藝術性格，更重要的是她看到了一如當年的自己，那份追求理想無畏及樂觀的精神。

孩子終將長大，母親不知未來的日子裡還有多少機會可以如此地母子同遊，她想起旅程中風景如畫的露意絲湖，其原名為翡翠湖，後來此湖被獻給愛上平民的露易絲公主，故改名為露易絲湖。人民把環繞湖泊海拔三六六四公尺高的山命名為維多利亞山，山上的冰河稱為維多利亞冰河，有如露意絲公主在母親維多利亞女皇的懷抱裡一般，這是人性中自然流露出的對親情的依戀與期望。然而孩子終有一日會飛離母親的懷抱，尋找屬於他自己的天空；母親縱使千般不捨仍然寄以無盡的祝福——盡情地飛翔吧！孩子！寫下屬於你人生燦爛的一頁，而你永遠永遠會在母親環繞的心湖裡——

（台灣時報2008.10.01）

孤挺花

彷彿聽懂風的密語，那秋天的孤挺花，伸長了身子，慢慢的自花萼間探出頭來，在蔚藍的天空下，擁風而舞，笑成一片燦爛。

彷彿聽懂雨的細訴，韶光易逝，紅顏已老，盛開意味著凋萎，而凋萎也可以是一種最深沉的美學。

彷彿被狂風驟雨驚醒，一枝孤挺花，挺直了身子，閉目聆聽激昂的交響曲，掛著水珠的秀麗容顏，望著身旁花事已了的空枝，輕啟朱唇，獨自迎向風雨，唱出柔韌的生之歌。

如果名字是妳今生的宿命，總無由地自溫鬧喧笑中抽離，徘徊心靈孤絕的高處，俯視人寰，仰望青天，注定要踽踽獨行，直至聽到隱在天地間那一記清亮的回音，才肯化蝶飛去。

如果花顏是妳此生的寫照，那由初蕾而綻放的過程——盡情任性，耽美自閉的形容，直至盛開，華年瓣瓣展盡之後，內在的虛空，頓時毫無遮攔的攤在眼前，於是秋風一寸寸的吮乾芳華之餘，努力尋找一種自如無憾的凋落之姿，在觸地的剎那，留下鏗鏘的句點。

如果這鏗鏘的句點就是那一記清亮的回音，想必是充滿著歡喜及慈和的聲音，有如一顆圓潤翠綠的種子，即使為霜風雨雪所深覆，他日，亦能尋聲萌芽長葉，繁衍出無盡的花朵與綠蔭。

深秋，那枝孤挺花憑欄遠眺，如是凝想著。

（人間福報副刊2008.12.08）

露易絲湖上的琴音

波柔的琴音，優雅地撩動一湖翡翠水色，盪漾出千種思念，萬種風情。年年月月，那女子依舊一身復古宮廷裝，擁著典麗的豎琴，在大廳中央，任纖纖十指於琴弦上深情的撥彈，女子背後則是擁有世界最美窗景的咖啡館，我彷彿看到每個音符，精靈一般身著雪白禮服，旋著優雅的舞步，紛紛滑出世界之最的窗口，越過清新的雪球花與艷麗的罌粟花園，在明澈如鏡的露易絲湖上曼妙的輕舞——

傳說中露易絲湖的湖水，是經由孔雀尾巴蒸餾才得以如翡翠一般碧綠。其實乃是冰河裡的石礫，互相磨擦產生了細微的石粉粒子，隨著融冰沉澱湖裡或漂浮水中，光線透過時便反射出藍綠色的炫麗光采；在不同色溫的照耀下，露易絲湖四季，遂折射出光彩奪目的眩人光譜；因湖水來自維多利亞冰河的融雪，碧綠冰清，溫度從沒高過攝氏5度。2008年8月的一個午後，我的相機著魔似的直盯著，不同光線下湖色的變化，時間頓時凝止，只有遠處破雲而出的陽光，將翠綠的湖面由遠而近一片片地刷得晶亮耀眼。

素有洛磯山的寶石之稱的露易絲湖，引人留連駐足除了經典

的美景外，更因背後有個動人的愛情故事，細心的旅客會在大廳牆上發現露易絲公主的畫像。露易絲公主是維多利亞女王四個女兒中最漂亮、最具有文學藝術才華的女兒，國內外的皇族紛紛慕名上門求親，卻全被她婉拒了，因為公主獨獨鍾情於貴族子弟約翰坎培爾，在1870年代，英國皇室成員絕不可能下嫁貴族，眼看著姐姐們紛紛嫁給了丹麥、普魯士王儲，傷透腦筋的女王仍然無法改變露易絲堅決的心志，只好打發他們倆到遙遠的殖民地——加拿大。一日，這對新婚夫妻來到了印地安人稱為「小魚之湖」

的翡翠湖，露易絲公主對眼前的美景讚嘆不已，約翰看著愛妻迷醉的神情，遂向她立下了豪語：「我要把這座湖獻給妳！」於是約翰力爭上游，七年之後成為加拿大總督，他正式將翡翠湖命名為露易絲湖，環繞湖泊終年覆雪的冰山則稱為維多利亞山，有如慈愛的母親懷抱著女兒，母女深情相依。

熟悉的琴音依舊悠揚迴盪，在地球另一端的山居陽台，那張有露易絲湖畔彈豎琴女子親筆簽名的CD，成了旅行回來的新歡，無論晨昏總任由如水的琴音，在山谷間盪開，如盪開一湖翡翠的漣漪，於是碧綠清澈的露易絲湖便夾帶著旅程中諸多美麗的回憶，自群山間浩浩悠悠地向我湧來——

（詩人季刊第3期）

遇見

築室山間，陽台也種了各式花木，因此常會有一些不速之客來訪，例如悠然穿梭於叢花間的黑鳳蝶；而綻放著白睡蓮的陶甕，則是紅嘴黑鵯最愛的飲水之處，偶爾也可見到捲尾（別名烏鶖）；去年還有一群褐長腳蜂在金露花葉下築巢，最後巢被連續幾回的颱風給摧毀了。

前些時，發現一隻「大蜜蜂」，在披垂著合果芋的枯樹幹下來回穿飛，仔細一瞧，此蜂頭部、前胸為黃色，細腰、腹部後段也是鮮黃色。腦海中迅速閃過「虎頭蜂」三個字，接著發現合果芋旁那台復古造型古銅色的電風扇底座，有個巴掌大的土黃色泥巢，眼前遂浮現一群虎頭蜂自泥巢內紛紛飛出的景象，而平日電視上接收到的「虎頭蜂會螫死人」的訊息，也讓我不得不生出驚懼，為了讓虎頭蜂了解此處不宜築巢，我只好把那台已無法運轉純當裝飾用的電風扇丟棄。

然而隔不到一天，我又發現那隻虎頭蜂在老地方出沒，原來牠在旁邊的落地門接地的水泥門檻側面，又築了個小籠包大小的泥巢，而我仍然沒有那麼大的膽識，讓一隻虎頭蜂在我的門下築巢，只好再次扮演破壞者打破小泥巢，沒想到竟摔出了一條約四公分長，綠色黑線背的毛毛蟲，想必是預先儲存給孵化後的幼蟲當食物吧！我把虛弱的毛毛蟲移到盆栽上，心想這次虎頭蜂總應該知道此地不宜再築巢了吧！

但沒隔幾天，我又驚見那隻虎頭蜂穿梭在陽台的長椅下，此時已查了資料，知道來我家築巢的原來是黃胸泥壺蜂，屬膜翅目胡蜂科，是一種獨居型的虎頭蜂，雌性泥壺蜂在產卵前會到水源地吸水，再往泥地攪和成一顆泥球，然後在能遮陽避雨的地方捏泥築出「壺狀」的泥巢，由於牠「捏壺」的技藝相當精湛，因此有「陶藝大師」的美稱。黃胸泥壺蜂會把卵產在巢裡，再飛出去捕捉小蟲，分泌毒液麻痺獵物，然後把小蟲拖回巢中，接著把巢口封起來，當幼蟲孵化後就有現成的食物可吃，既能溫飽又無天敵威脅。資料上說通常會螫人的多屬於群居性虎頭蜂，在黃胸泥壺蜂築巢繁殖的期間，只要遠離牠就沒有蜂螫的危險性！

我彎下身，趴在地上檢查長椅下是否又有新巢，幸好尚無發現，不過牠鍥而不捨的勤奮倒是令我相當感動，自然界的動物常為了一個目標，或生存或繁殖而孜孜不倦地工作著，相對於許多被科技文明養懶的人類，或者目前所謂尼特一族，我倒覺得牠是可敬的。

黃昏時，又見到那隻黃胸泥壺蜂飛到九層塔的白色花柱上吮蜜，忍不住拿起相機留下牠的倩影。牠一再地出現在我的陽台，仍是孑然一身的獨行俠，想必這次牠學聰明了；我知道牠必定又在附近築了新巢，但對牠我因了解已不再生懼，任由牠來去自如，有時許久不見還會想念牠呢！這一念之間的改變何其大呀！

（人間福報副刊2009.11.03）

下著春雨的早晨

煙雨霧嵐籠罩山野，群鳥的歌唱此起彼落，有兩三隻白頭翁飛到已掉光葉子的油桐樹枝上，浴著春雨，不停地梳理著羽翅，歡欣雀躍之情展露無遺；油桐樹向上伸展出枯禿的千手千指，陶然享受春雨的滋潤，且慈愛地任由白頭翁在它指間穿飛跳躍。微笑自有情萬物的心尖兒綻放開來。一隻白粉蝶不避細雨，在樹叢間自在的漫遊，幾枝櫻花兀自紅艷地盛開著；穿過枝間葉縫，溪旁的草地上，有隻白鷺鷥正悠閒的散步，像個哲學家似的，在這個春雨漫灑的早晨，牠可思索些什麼？或者只因莫名的開心而哼著無言的歌罷了。有一股清新嫩綠的氣息在天地間悄悄地蔓延，萬物覺或不覺，皆同在潤物細無聲的春雨中！

坐在陽台邊，抬眼看著霧白的煙嵐逐漸向山頂撤走，忽然被掛在金露花枝幹下，一張比手掌還小的蜘蛛網所吸引，細巧的銀絲網上沾滿了晶亮的雨珠，猶似一面燦麗的星網。思緒無由墜入蜘蛛編織的線的結構裡，那大體似有跡可循，細節卻又不掩其隨性自由的織法，我頓覺凝視的彷如自己大半人生的圖示。一位久識的朋友，閒談間他突然說：「妳放不下」，當下我有些不服氣，一直以為自己是個很看得開的人，喜歡淡泊寧靜的生活，總覺得事情再怎麼糟也不過如此，甚至對待死亡，也可以瀟灑的認為：「只不過是另一個時空的轉換而已！」然而朋友仍語氣堅定的說我放不下，我雖否認但內心開始思索著或許他話中有深意，只記得最後我不知為何隨口撂下：「我要真放下了，就修行去了！」我被自己的話給愣住了！

為了配合這個早晨的氛圍，遂放了新買的一張箜篌獨奏套曲「妙指流音」，當做瑜伽的陪伴音樂。箜篌是中國一種古老的傳統樂器，顧況曾詩云：「起作可怜能抱撮，大指調弦中指撥，腕頭花落舞制裂，手下驚鳥飛撥剌」指的即是豎箜篌，箜篌後來被用於宮廷因而限制了其發展，近一、二百年來幾乎銷聲匿跡，一直到八〇年代才再度被樂器改革家及演奏家挖掘出來。初看箜篌很像西方的豎琴，細看時才發現兩者有極大的差異：豎琴是單面弦，弦組排列由長而漸短；箜篌則是兩面弦，弦組排列由短而漸長，後者具有豎琴的音響效果外，又有古琴、箏的韻味。在清靈悠揚的琴聲中，做完了暖身操，接著拜月十二式，我不斷試著讓身心在樂波中放軟、放柔、放鬆，是的「放鬆」是何等的重要！我做著我所能想到的各式瑜伽動作，用意念安撫那常被疼痛折磨的肩頸、腰背及久未舒展的筋骨、肌肉、關節，我感受到放鬆的意念發揮了神奇的力量，它讓不適的疼痛逐漸減緩、消解。

不知過了多久，身心似乎獲得了全然的釋放與疏通，最後我閉目盤腿面山靜坐。也不知又坐了多久，直到發現眼淚沿著兩頰靜靜地滑落，那潛伏於內心深層的壓抑，隨著真正的放鬆而釋放出來，我有些明白朋友所說那放不下的點，那個牽絆我，不願去面對的點，就像長年頑疾一般，我靜靜的看著它，試著不牽動任何情緒，我要感謝整個早上的放鬆操，讓我仍能身心平和地靜坐著。久久，睜開眼睛，雨不知何時已停歇，金亮的陽光灑落在半山腰上，而雲層仍灰密的佈在天際，下一刻也許陽光又被阻隔，雨又會降下，但我深解不管雨或陽光都具有滋長生命的意義。

桐花盛開

昨夜，棲滿一樹的月光，彷彿披著一襲雪麗的刺繡花衣，向四方伸展的枝葉在微風中，兀自起舞，闃謐的溪谷間，我聽到有輕柔的歌聲迴旋而上——

今朝，天空忽地垂下了細細綿綿的雨簾，幾隻白粉蝶穿梭於枝椏間，偶爾風來了，那紛然飄下的，分不清是花舞或蝶飛？只見小徑上覆著一層薄薄的細雪。

午後，皎淨容顏靜默似觀音，凝神傾聽，身旁早開的相思花，心事滿懷；只見恬澹慈藹的笑，試圖撫平那密密鬱金的相思結。

黃昏時，煙嵐渲染著山水畫幅，那滿樹秀逸的芬芳，佇立其中格外仙氣了起來，繼而伴著遠寺鐘聲，飛向千山之外——而千山之外，桐花鋪地的淨土，有誰趺坐其上？有誰拈落花成偈？

恍若一夢，醒時滿樹芳蹤已消逝無痕，寂寞枝頭兀自黛綠，整個山谷頓時安靜了下來，只有陽台上的繁花恣意喧鬧著，更襯出大地的惆悵心緒。

花開花落，年復一年，坐看紅顏老去，今生有限，唯有珍惜當下，生生增上。「雪蓮花開有我淚，天上人間永相隨……」聽讚頌樂每聞此詞，總要莫名地淚盈滿眶。這生命的緣會，我不知曉，但或有牽引之因吧！

一樹花季，終歸化泥，若能護持來年新花，此生亦是殊勝。

不知何處？晨鐘又悠悠敲醒山谷——

（人間福報副刊2010.08.17）

慕夏之光

一八九五年元旦〈吉絲孟妲〉（Gismonda）海報出現在巴黎的廣告板上，這是阿爾豐思・慕夏（Alfons Maria Mucha 1860-1939）為巴黎戲劇巨星莎拉・貝恩哈德（Sarah Bermhardt）設計的第一張海報，從此改變了他的命運，一舉成名，也為海報掀起了一場革命。此後他成為巴黎新藝術的最佳代言人，形成了所謂的「慕夏風格」，除了海報、裝飾看板、明信片、封面設計、月曆甚至菜單，更有人慕名請其設計珠寶、服飾+、刀叉餐具、香菸盒包裝、壁氈畫等，於是孕育了他編著一部「工藝事典」的想法，一九〇二年《裝飾資料集》（Documents Decoratives）一書問世，為創造新藝術的生活風格提供必備的圖案樣式，可說是慕夏裝飾作品的百科全書。

一九〇〇年萬國博覽會，慕夏為奧匈帝國設計「波士尼亞與赫澤高維納館」的室內裝飾，慕夏為此前往波士尼亞與赫澤高維納考察參訪。「波士尼亞與赫澤高維納館」後來獲得萬國博覽會銀牌獎，然而更深意義的是當他創作這兩省的歷史與神話時，使他重新認識到斯拉夫人過去的榮耀與悲慘命運，也啟發了他創作《斯拉夫史詩》的動機。一九〇八年慕夏於聆聽波士頓交響樂團演奏捷克民族音樂領袖，同時也是捷克音樂之父史麥塔納（Smetana 1824-1884）作曲的《我的祖國》，深受撼動，決心創作〈發源地的斯拉夫人〉，緊接著即積極付諸行動。慕夏在藝術巔峰之際，將自己的才能奉獻給苦難的民族，因而使他的作品逐步邁向內省的精神層面。

一九一〇年慕夏懷抱滿腔愛國熱忱返回闊別三十載的故鄉，捷克摩拉維亞省的小鎮伊凡西切（隸屬於奧匈帝國的波希米亞區），旋即投入計畫已久的《斯拉夫史詩》的創作，慕夏希望藉由一系列描繪斯拉夫民族歷史的畫作，重新喚起民族的尊嚴，進而團結建構新的獨立國家。此時期慕夏畫中女性的象徵不再是世間享樂的代表，而是轉化為斯拉維亞女神，或象徵祖國的母親造型，或化身為愛與慈悲的代表。一九一八年，第一次世界大戰後，慕夏衷心期待的新國家捷克斯拉夫終於誕生了，而慕夏的願景也進而提升為對全體人類之關懷。尤其在生命的最後三年，慕夏有感於歐洲飽受世界大戰的威脅，著手於〈理性時代〉、〈智慧時代〉、〈大愛時代〉三連作的創作，儘管此項創作因一九三九年去世而中斷，但從其留下的素描習作中，仍可體會慕夏深信平衡發揮「理性、智慧和愛」便能建造一個和平的世界。

徘徊在展覽館裡，從令人驚嘆的唯美、華麗、歡悅之作，如〈音樂、詩歌、舞蹈、繪畫〉、〈四季〉、〈黃宮十二道〉、〈綺思〉、〈拜占庭風格頭飾〉等等，一路看下來，最讓我動容的卻是〈俄羅斯母子〉及〈荒野中的婦人〉習作（又名〈星辰與西伯利亞〉），分別繪於一九二二年及一九二三年。慕夏曾於一九一三年間赴俄羅斯考察，為其〈斯拉夫史詩〉系列中〈廢止俄羅斯奴隸制度〉一畫速寫，旅途中拍下的檔案照片有許多都是與〈星辰與西伯利亞〉中的農婦極為相像；俄羅斯在一九一八年至一九二一年間內戰頻仍，導致經濟岌岌可危，境內哀鴻遍野，許多農民紛紛因饑饉而餓死。〈俄羅斯母子〉畫中一農婦抱著她垂死的孩子，含淚的眼中滿是絕望與悲傷；〈荒野中的婦人〉習作則是在四下灰沉靜謐的氛圍中，一名俄羅斯農婦仰著頭、微張著嘴，眼角閃著一星淚光，彷彿正將自己交付予無可逃避的命運。我在這兩幅畫前駐足良久，深受感動而滿懷淒然。始知生命真正感人之處，不在於歡樂華美的表象，而是苦難深刻的內涵。在農婦的淚光中，我看到了慕夏的悲天憫人之情。

（人間福報副刊2011.09.14）

夏日遐想

亮燦的陽光一寸寸自窗前撤走後，高昂的蟬唱早已波波湧入，穿流了整間山屋，也灌滿了所有耳渦。無所遁逃的夏天，溫度正逐漸飆升，尋求清涼的眼睛，卻被陽台上三柱高擎的火球花中途攔截。

深呼吸——吐息，把心擺平如鏡，任所有撞入的聲浪光花，至此碎散無痕。輕輕闔上眼睛，層層疊疊、深深淺淺的綠遂在意識之中圍攏過來，蟬聲篩過重重的密葉，倏地遠了——身體如一片葉子，緩緩飄落入無際的綠海之心，膚觸顯得格外敏細，一陣微風若有若無地拂過，帶著薄荷的氣息，牽動了味覺，彷若飲下了翡翠鮮香的薄荷綠茶，通身被一片清涼冰鎮，純粹而明透。

瑩綠深處，靜極了，靜成一座山，靜成一面海，靜成一片虛無。那漫天的水意覆蓋之下，顆顆晶泡如珍珠自水底浮升，一尾魚自在穿游而過，一朵午荷悠然伸出水面，每一瓣舒展都是無邊的詩意清涼——

（人間福報副刊2011.10.05）

自然的密語

春天尚在惺忪，佇立寒風中的玫瑰，枝葉之間開始穿梭著一些或斑爛或深褐的身影，日以繼夜的蠶食枝上的花葉；心疼玫瑰的我，欲驅走這春天惱人的入侵者，然而舉起的手卻又默然放下。心裡有個安慰的聲音：「給牠吃吧！花葉沒了還會再長出新的來，但毛毛蟲沒了食物就再也變不成蝴蝶，甚而要面臨死亡……」於是我放手靜觀牠們啃禿了每一株玫瑰之後，又轉移陣地，總會不經意地在藍雪花、四季秋海棠、薄荷等密葉間撞見那拇指般長的身影，日以繼夜努力的嚙食。

於是春天來臨時，繁星花展露燦容，一串紅擎著紫花，即使枝葉無法避免一片蕭然的烏來杜鵑，仍綻出朵朵清新粉紫的花兒；而窗外的貝絲玫瑰，在一個白霧如幔的清晨，嫣然輕啟朱顏，縱使無綠葉襯托依舊清雅迷人。

三月中旬，隨風而來著地生根的蒲公英，悄悄地擎起朵朵亮黃的花盞。連日溼寒之後，煦暖的金陽慈愛地撫照大地，我猛然驚覺屋前那一棵入冬以後即光禿的油桐樹，密密的枝梢探出點點的嫩黃，彷彿跳躍的音符，春天的精靈。當四月清和的風自谷間奔來，翻動滿山的綠浪，此時油桐已綠髮披覆，有一些輕笑在陽台上漫開。

我檢視我的陽台，發現所有裸禿的枝上已紛紛冒出了新芽葉；序曲早已譜就，我看到植物之間相互的呼應與默契，毛毛蟲的嚙食聲逐漸沉寂，幾隻粉蝶輕盈地追逐翩飛，而愉悅的鳥唱與不遠處蘭溪的歌聲是不曾停歇的背景樂。眼耳鼻舌身意，融入大自然一派和諧生機的氛圍中，我恍然明白那個聲音不是來自我心裡，而是發自大自然深處的密語。植物獻出綠葉，毛毛蟲回報以美麗的蝴蝶，進而傳播花粉做為答謝，如是循環，天地萬物在互助共存中，生命得以生生不息。大自然在善意的和諧中，交織出四季的光彩；而人世間若能散播良善的美意，將如馨暖的花香充滿大千世界。

（人間福報副刊2012.05.31）

仙客來

元月初，剛住進山城的朋友送我一株盛開的仙客來，種在透明的玻璃盅裡，我將它放在陽台的茶几上，紫藍色印花桌布，配上紫色的花朵，像一幅畫兒般，有說不出的優雅。

上山的日子，我愛在桌旁喝茶、看書，默默陪在一旁的仙客來，紫色花兒一朵一朵綺麗地綻放，也一朵一朵相繼地凋落，季節的腳步正無聲無息地走過。

三月中，山城喧鬧一時的櫻花已安靜下來，只有風仍頑皮地在山林中來去追逐，山被喚醒了，煦陽下正撐開一把把鮮黃新綠的傘。

而我驚覺我的仙客來已將開盡，空蕩蕩的花托間只剩下最後一朵紫花，孤獨地與桌布對話。我必須讚嘆她美麗了我整整一季，卻又有些惆悵與不捨，好像做了一場絢麗的美夢，那一朵殘存的夢影，正在我閱讀的《菩提道次第廣論》書頁上字句間搖曳著：「數數思惟無常，念身受用定當速離，則能遮遣，希望不離彼等愛著……」我看著看著，發現自己竟成了夢影中的夢影。

仙客來，美好的名字背後，似乎有意無意間正訴說著甚麼；念此生燦美固然可喜，但終如花開花落，風吹雲走，不留痕跡，最後仍將回歸大地，還給天空。大概只有光，只有對光永不止息的尋索，才是一切存在的根本吧！

（人間福報副刊2013.04.25）

母親的南瓜飯

同事正討論著今年母親節要送什麼禮物，一旁的我聽了卻只能羨慕不已；啊！有母親可以送禮物是多麼幸福的一件事呀！隨著周遭節慶的氣氛日濃，心裡對母親的思念亦如潮水般悄然漲滿。

一日，瞥見廚房那顆朋友送的大南瓜，由於它實在長太大了，讓我有點傷腦筋以至於一直被擱放著。突然間懷念起母親的南瓜飯，於是出門去買了糯米和紅蔥頭。一邊切洗南瓜時，整個人彷彿墜入了昔日時光——在南方的故鄉，院子裡的樹影輕輕拂上窗扉，耳畔依稀傳來母親的聲音：「把紅蔥頭切碎，放入鍋裡炒香，再倒入切塊的南瓜一起炒，之後把洗好的糯米也放入炒一下，加入比糯米少一杯的水（因為糯米較不吸水），水滾之後全部倒入電鍋，外鍋加兩杯水……」我依著母親的叮嚀按下了電鍋開關。記得國中時，有一次好友來我家吃到母親煮的南瓜飯，驚為人間美味，於是也跟母親請教煮法回去讓她媽媽照著做。當我打電話問她成果時，她說正在家門前的嘉南大圳旁散步，因為太好吃了，她狠狠的扒了兩大碗，快把她給撐壞囉！

其實母親結婚前並不擅長烹飪，她常笑著說起當年苦瓜削皮，胡瓜卻留皮的趣事，因為她覺得苦瓜長得凹凸不平，而胡瓜外表平滑，所以想當然爾前者要削皮，後者則否。但母親是聰明的，就像她小時候因為躲避空襲，雖然只讀了幾天的書，但在碾米工廠裡秤米買賣，加減乘除心算可快得很！母親沒多久就學會了燒一手好菜，甚至每年村子裡太子爺過生日時，還能一個人包辦整桌宴客的菜色；此外過年的年糕，清明的潤餅，端午的粽子，中秋的麻糬，冬至月桃葉上的紅豆包、菜包及包肉餡湯圓等等，母親的一雙巧手加上一顆慧心，讓我們這些孩子們每到佳節，便要一一往家裡飛奔。

負笈、定居北城之後，開始深切的領會到「媽媽的味道」所具的魔力有多大，除了味蕾的滿足之外，更兼具撫慰人心的功效。打開鍋子一股熟悉的香氣散溢出來，我的南瓜飯比起當年母親煮的，總覺得只能說是相似，卻無法得其真髓，這之間到底缺少了什麼？我想，應該是歲月醞釀的香醇記憶吧！

（人間福報副刊2013.06.26）

花園拼圖

印象中，夕暉自圍牆邊的三棵椰子樹葉間斜照過來時，年少的我正在牆內一方小花園裡，悠然地欣賞著剛飽飲甘霖，臉上還掛著水珠的花木，此時植物的舒爽清涼似乎也感染了我，那是我一天當中最喜悅滿足的時刻。常常在鄉間的田野、路旁看到可愛的野花，總會將之帶回，種在我的園子裡，當然花園裡還有其他的植物，如釋迦樹、鳳仙花、紫茉莉、大麗花、孤挺花、松葉牡丹、蔥蘭等等，還有阿嬤最愛摘來插在髮髻上芬芳的白茉莉和紫菊，她們一起構成了我的花園，如此地繁盛芳馨！在我小小心靈上它是最美麗的一隅，持續芬芳於我童年的記憶裡。

人生走了大半圈之後，發現心開始向原點靠近，於是尋得一片乾淨無染的山林，建屋整地期望重現我戀戀不忘的花園；從一片充滿石礫的荒地，運土鋪地，由於住在較為坡陡的高處，一車土實際上大約只能載三分之一，花費大大高於平地，因此鋪土之後的工程，經過家庭會議，我們決定自己動手做，後來我發現這個決定是正確的。近百坪的園地就像一張大畫紙，我們在上面築夢構圖上色，從一塊草皮開始植起，然後鋪石種花，連颱風天都還樂此不疲的穿著雨衣在工作呢！

看著一片花園逐漸成形，所有的辛勞早已煙消雲散，取而代之的是喜悅的成就感。每天清晨睜開眼睛的第一件事就是流連於花園裡，一一巡視由不同花色組成的版圖，而沐浴於晨光中彷如孩子般的花草樹木，總是回報我以青翠欲滴的喜悅、純真秀美的笑靨，此時微風與陽光在大地上追逐閃爍，開啟了一天的序曲，我想世界上再沒有比這更令人深感祥和與幸福的了。

然而晴亮的藍天下，眼底總有一抹烏雲悄悄地飄過來，無端想著如果世界是一座大花園該有多好！沒有貪婪、仇恨、愚昧的叢生雜草，只有愛與慈悲的花朵，快樂勤奮的蝴蝶和蜜蜂，遍灑希望的燦爛陽光……不再憂懼恐怖的攻擊，不再逃離烽火的家園，不再飄流浩瀚的苦海，不再趴伏於冰冷的沙灘；每一個孩子都安眠在母親甜蜜的胸懷，每一個人的眼睛都澄澈而真誠……

那麼就讓我們先在心土上建構一座花園吧！埋下善與美的種子，用真心灌溉，等待有一天和煦的春風驅走寒冬，一座座抽芽長葉開花的心園，不斷地互相連結，迅速拼圖成一座芬芳美麗的世界大花園，那時人類才能真正找回最初的幸福！

（人間福報副刊2016.07.29）

漫步在時光中

月光下　赤足而行
遠處漁火點點
柔軟的沙粒在腳下囈語
我在永恆的海岸
聆聽歲月的潮聲近了又遠——

春箋

春天，在寒意料峭中姍姍來遲。

日日夜夜我審視著陽台那株紫藤枯寂的枝椏，等待一芽青翠或一串紫蝶。終於有了一點端倪，那潛藏在死寂外表下堅韌的生命力，一夕之間沛然流竄而出，轉眼一樹的羽葉迎風招展，一串串的紫蝶飛向晴空。

春天，是最貼近生命脈動的季節。

夏花

迴盪山谷的溪水，逐漸褪去了黃梅味，歌聲便清遠了起來。

紅嘴黑鵯開始忙碌著，穿梭在早已雪融的油桐樹上；金燦的相思花，被風一吹，陽光顆粒般飄落化泥；只有酸藤靜靜披覆著粉紅花衣，成為熱情六月的新嫁娘。

而我錯過了夏日第一朵曇花的盛開之後，頓時感覺連同歲月亦垂掛在風裡，而盈握的依然是風——

秋遊

獨自在山野中繞行，時序入秋，天很遠，山極靜，潔白的野薑花沿著山谷綻放，在午後的陽光下流成一條雪亮芬芳之河。彷彿行走在時光的幽徑，人跟影子顯得格外貼近，一切都逐漸沉澱下來，心很空淨，隨著偶起的風，四野漫遊。

此時，秋天的油桐花兀自在枝頭上悄悄地開落，雖不似初夏的喧鬧，然韻致素雅而淡遠，不期然而遇，輕輕撥動我悠然的心弦。

冬艷

風是一支長笛，旋律在寂靜的山谷間迴盪，調子愈吹愈冷，吹走了秋天的野薑花，吹來了白茫茫的五節芒，更吹黃了那滿樹的油桐葉——

唯有山窗外紅艷的薔薇，一團火似的，在冬天蕭瑟的胸前，烙下鮮明馨暖的詩句。

雨桐

春雨氤氳，綿潺的低唱，輕輕落在薩克斯風獨奏的音節裡。嵐煙漫過樹叢山巔，緩緩地飄入，由淡而濃，彷彿一襲厚柔的雪被，悄悄自峰頂覆下。

而留白止步於那棵翠綠的油桐樹，每一片葉似乎還留有時間匆促的足痕，抽芽長葉的速度，只是轉眼間，密密黃綠的葉簇中已托出一捧一捧的圓錐花序，成千成百，趕在四月底織出美麗的舞衣，好赴春天最後的一場盛宴——

夏鬧

烈烈的蟬嘶，整日在山谷間沸騰，那叫聲翻滾著熱血的紅，與陽光的金屬；蟲唧鳥鳴亦不甘示弱，爭著競唱，時起時歇。

一隻紅嘴黑鵯飛來飲水，佇立在綻放白睡蓮的陶甕上，左顧右盼，享受周遭群花芳美的風光。金露花披垂著一串串的紫夢，玫瑰正蓬勃燦爛地盛開，清秀的麗格海棠、可愛的金絲菊與脫俗的藍雪花……

滿眼盈耳的喧鬧呀！卻又何等的無邊靜寂，心翩躚成風中的藍鳳蝶，默默地徘徊穿飛，於垂掛葉莖上昨夜已然開過的曇花之間——

山居

打開窗，迎面自峰巒間吹來的和風，將滿身暑熱拂落。陽台上的花木享受甘霖沐浴後，欣然地讓我為它們修枝整容，花剪起落中，時間凝止，平心靜氣到無一絲雜念。

蟬嘶蟲唧在遠處激昂地競歌，終於隨著漸落的暮色戛然而止，只有禽鳥三三兩兩地仍在閒話家常，幾盞燈在山腰燃亮。

一壺茶，邀風同飲，果真是夜涼如水。群峰之上，朗朗下弦月，滿天的星斗中總有一顆最亮的隨侍在側。剪影的山，浮雕的樹，草叢深處甦醒的蛙鳴；此時，人早已隨著德布西的月光漫遊去了——

雲箋

天空清澄蔚藍如海，在山起伏的峰頂，朵朵潔白的雲，千變萬化的舟，緩緩悠悠航行於無邊浩瀚的藍裡；偶爾被駐足的陽光擦亮，炫目的光耀與純粹。秋風，安靜而優雅地傳頌著——

感知除了六識，感知更是一種靈魂的甦醒，在靜定之中清晰顯現，比如花朵綻放時悸動的唇語，大地喧鬧背後的虛空靜默，以及雲朵——光亮之上的光亮。

秋歌

夏末枯涸的溪流，終於聽到了秋雨的呼喚，斷斷續續地在光陰裡尋找遺落的音符，串成了一首歌；從翠林深處的源頭，一路哼唱著，流經我眼前，兀自又奔向遠方——

開始閱讀一條河，以及河上流映的風光，看舟葉傘花，所編織出旖旎的歲月情節，竟恍然原來也是浮光掠影，於是雖未及終卷，心情已然是坐看雲起時——

冬眺

寒山摟緊了嵐領，時晴時陰的天空，背後彷彿閃現隱忍的光。雨的腳步，輕盈地踩過芒花的浪尖；瑟縮的風呀！站在枯黃的枝梢遠眺。

日日探詢陽台上那株名為天香的茶花，直至沉眠的花苞，開始有了醒意，深閨的容顏透出了一抹嫣紅。而誰的眼神，在歲月中靜定，總能於花苞的夢裡，看到花開與花謝；總能穿越流動的雲層，看到背後那光——

春信

山緩緩地吐出一口口的嵐煙，血紅色的楓葉布滿了濕冷山階；冰寒之氣肆意籠罩天地，摧黃了油桐，搖禿了緬梔，吹落了所有芳美的笑靨，空盪的陽台顯得灰暗而靜默。

想念陽光，想念溫暖的季節，在冬天裡只能以回憶取暖嗎？那麼擁抱一堆灰燼是否更形淒涼？彷彿有銀鈴般清脆的低語自暗處傳來，一回頭，撞見茶花與玫瑰點紅的蓓蕾，猶沾著冷冷的雨珠，佇立葉間衝著我嫣然地笑——

風的顏色

看過風的顏色嗎？在春天。當它一身灰白的從深冬瑟縮地走來，踏入初春的邊陲，頓時，所有的色彩被喚醒了，順著柔暖的指尖，嫩黃鮮綠紛紛湧出山巒，奼紫嫣紅揮灑大地，天的亮藍以及海的青碧……只見風一身繽紛的七彩衣，所到之處，閃現著爛漫的夢彩。

輕輕闔上眼，感受風的水袖拂過臉頰，依稀可觸及的煦暖溫度，依稀可聞到百花馥郁的芬芳，依稀一個青春的少女向我走來——

三月的油桐

三月的陽光，透過灰白的煙嵐篩下，有一種柔和沉靜的氣息；窗前清麗的玫瑰花初綻，映著這光中，褪去少女的稚氣，反散發出優雅的韻致來。

彷彿春遊，青翠的山巒遠處、近處、這裡、那裡，紛紛撐開了一朵朵鵝黃淺綠的傘兒。清脆的鳥唱起落，如閃著銀亮的細絲，密密地織滿清晨的空間，偶爾還穿插幾聲不甘寂寞的獨唱。

我的心是緘默的油桐，在斑爛的光景中安然靜定，諦聽內在醒轉的聲音；那蓄積的熱情，將在春天揮別的衣袖上，沾著月光寫下愛與祝福的繽紛詩行——

一日流逝

錯過了昨夜的曇花，遂格外記取今晨茉莉的含苞。

整個早上，我擬想著山之外的一趟海之旅，直至兩眼一片蔚藍，忽然憶起多年前的西嶼牧場，不知仍在否？或者如那戴鴨舌帽的小男孩，早已消隱於歲月深處。

午後的一場雨，驅散了惱人的暑氣，蒼翠山巒，嵐煙裊裊，溪流的歌唱捲入沸騰的蟬嘶之中。此時我在為昨日的一幅畫命名，總是追著時間在跑。

何時暮色翦暗了山影，灰青的天空糊著霧，隱約遠天響著雷、閃著電，雲氣快速地流動，景象瞬息萬變，幾盞燈在山腰上捻亮，終於穩住了夜色。

而我將記取今晚的茉莉，且不再錯過明日的曇花。

月光香水

在花市買了一株名為月光香水的玫瑰花，暖黃的色彩燦如朝陽，純淨之中散溢著清郁的馨香，心情遂化成了一隻彩蝶，鎮日裡圍繞著它翩飛——

寧靜夜色中，那婷立的月光香水別有一番風韻，花瓣或捲或舒，如杯如碟，深深淺淺地盛滿柔麗的詩情，我靜靜地啜飲著，即使沒有月光，卻覺全身剔透晶瑩，彷彿有一股芬芳自夜的深處悄悄地散溢出來。

秋日黃昏

恍若浮著青筋，激情嘶喊的夏日頓然遠離了。漫遊天際的白雲，隨著行書的筆勢灑放了起來，微涼的風穿過沉吟的草尖樹梢，與山居陽台上巴哈的大提琴相擁起舞；而相看兩不厭的山巒，亮燦的斜陽披灑在上，其下濃綠影間則覆著輕柔夢囈的蟲唧。

安靜而舒爽的秋日黃昏，空氣中飄浮著詩的微粒，平撫了漂流的心緒。在這生之旅程中，歇憩於如夢的驛站，簷下點起一盞燈，梳理途中的風景，直至一輪明月自東方山巔升起，此時，人同明月一般地自在從容——

諦聽

溪水澎湃，撞擊著夜的邊岸，迴盪出潺潺不絕的潮響；那聲音自夜的深處不斷地湧來，漫天覆地，淹至我深冬的燈前，一隻飛蛾歇在白牆上凝神靜聽。

何其喧鬧！又何其寂靜！

彷彿昨日激越奔放的河流，攬著花夢雲影，譜寫生命繽紛的樂章；而今終節未到，卻已然預見，如落在紅樓繁華夢裡那一片白茫茫的大雪。天寂地靜，放眼盡是被抹去一切的白，河流終究歇止於這潔淨的最初——

變天

乍暖還寒時節，忽而煦陽糝金，蝶翩鳥唱，光亮耀眼；忽而風起雲湧，霧雨霏霏，滿目愁寒。

三月明媚的清晨，欣喜心情因意外傳來的訊息倏地沉暗。去年那翩然走進山城的儒雅女子，已然如早春的山櫻花，隨風飄墜，美好的畫面，從此定格在無聲的記憶裡。

嵐漫雨深的午后，咀嚼變天的況味，這無常的果實，有多少是甜？多少是苦？這甜如是令人沉迷眷戀，捨不得嚥下；這苦何時悄臨？又將如何消解？

放下，很輕或很重？也許把糾執的心解開了，才能雲淡風輕，原都是來來去去的過客——

夏之旅

獨坐在沸騰的蟬聲之上，左手掬起的風，一路吹開金色的稻芒，遁入記憶幽邃小徑，拂過窗櫺前那一雙靈動的眼睛；右手划出雪白的浪，沿途拍醒沉眠的船，於是張起了帆，攤開的藍圖在千里之外發光。

光閃打在水面上、道途中，探了探蟄居的心情，開始在耳畔哼著旅人的歌。隨著溫度逐漸上升，等到夏日躲入深深的林蔭，倚在門邊的行李將開始它的旅程——

在途中的每一個驛站，總不忘時時檢視這生命的旅行箱，期望每一件珍藏都保留著陽光的馨香，愛與夢的光彩，以及當年那一雙眺望未來的赤子真情。

蟬聲落處

曇花剛開過，枯萎的花朵垂掛在風中；蝴蝶蘭飽滿的氣根，牢牢地攀住石面爬長；而油桐樹散展的枯枝，仍默默地撐著滿山蒼翠。蟬聲落處，野薑花飄香，秋意已悄悄降臨。

剪下綻放的天使花，盛在玻璃杯裡供佛，點亮了酥油燈，合掌默禱，鏡湖無波，「君問終南山，心知白雲外」，平常生活已是悠然恬淡。

時光流逝無聲，從日出到日暮，直至遠方山寺傳來陣陣的鼓聲；間起禽鳴，相互唱和，秋虫在夜幕之後，亦不甘寂寞的唧唧展喉。一個人如夢初醒，簷下掛起一盞燈，起身輕掩門扉飄然而去——

時光海岸

年輕的海，總是眺望遠方，如夢的歌聲和著鼓聲，在起落的浪花中飛揚；展開的藍圖，布滿了星子。

中年的海，在寧靜的沙灘上，任圍巾於風中飛舞，看一匹匹白鬣呼嘯而來，爾後，在沙灘上留下了一聲聲輕嘆！

我在看海，從白天到黑夜，直至一輪明月升起。悄悄地將美麗的故事與輕柔的海潮音捲起，託風郵寄給當年的自己。

月光下，赤足而行，遠處漁火點點，柔軟的沙粒在腳下囈語，我在永恆的海岸聆聽歲月的潮聲近了又遠——

之外

清晨，見粉蝶三三兩兩地在綠葉樹叢間飛舞，遂迅速自屋裡拿出相機，欲捕捉那自在嬉戲的蹤影，卻總不斷地被脫逃；終於嘆了一口氣，抬頭望向遠山，發現晨光中，煙嵐逐漸撤走，遠樹一棵棵地被捻亮，窗前的玫瑰亦朵朵綻放；季節一到，毛毛蟲開始出來覓食，兔子花的葉子被啃一空，杜鵑、天使花依舊艷麗動人，酢漿草仰著柔紫的花顏，天真、無辜的樣子總讓人狠不下心去拔除……

這又是第幾度的花開，彷彿乘坐在時間的舟中，看著四季如水流轉——突然耳畔響起東坡拍案輕唱著水調歌頭：「明月幾時有，把酒問青天。不知天上宮闕，今夕是何年。」杜甫也接著低吟：「人生不相見，動如參與商；今夕復何夕，共此燈燭光。」，這「不知今夕是何夕」之感，如浪拍打著空茫的心岸，獨坐山中陽台，看著這流動的景致，分不清是夢裡或夢外！

而有多少人如我，一心專注在小小的鏡頭裡面，追逐著飄動不定的蝶影，卻忽略了鏡頭之外何其美麗的景緻，何其寬闊的天空——

驚夢

彷彿才早上，只見陽光爍亮，明麗了山青天藍，大朵大朵雪白的雲，在蜿蜒的山脊上漫步；滿山的蟬唱，高亢沖天。一隻前翅鑲白邊的黑鳳蝶，悠哉遊哉地穿梭在陽台花叢間，吸吮著花蜜，左碰一下天使花，右親一會兒繁星，飛高又聞聞金露花，繞過迷迭香，乘風而下，遛了一圈又飛回來，完全無視於我的存在。

午后氣候漸轉陰鬱，颱風正在遠海蠢動，雲朵慢慢織成灰衣覆蓋天空，隱約的雨絲飄灑，而無畏的蟬依舊賣力地高嘶，牠在跟時間競走呀！埋首於文字間，突地幾聲鍾鼓自遠寺傳來，穿過了雨絲蟬浪，敲入耳膜，我抖地一驚，莫名所以的心悸不已。

光踮著腳尖西移，抬眼看時，何時烏雲已散，又是藍天綠地，一抹斜暉霞染，雨絲似有若無，蟬聲仍堅持不歇，如浪急急地湧來，一波又一波的吶喊，直至暮色降落才戛然收工。

安靜祥和的夜晚，幾聲蟲唧在樹林裡，數點星子閃爍於天際，但這樣的寧靜能維持多久呢？遠在山後的颱風，像一頭覬覦的獸，而詭譎多變的命運，總是在暗處伺機向我們撲來。

風晨

天空垂下了雨紗如簾，被風吹繞著山轉；群樹肩搭著肩波波地舞動，和著那被雨牽起溪流高亢的歌聲。打開清晨的窗，初醒未醒的一顆心，頓時被這飄搖微涼的天地迎面接住。

一陣嬉笑聲來自陽台西隅，捕捉到風逃逸的背影，但見曇花已開盡，紅顏憔悴損，墜落一地的鳳仙花瓣無語，靜靜地趴在昨夜微濕的夢裡，聆聽誰在輕誦：色不異空，空不異色……

走過了春夏，偎在秋日的窗口，流浪的足跡隱入林蔭深處，眺望落葉紛紛的捨離，縹煙冷雨，此時適合聽瑪麗亞・卡拉妮葉米（Maria Kalaniemi）的《風嘯之歌》，閃動的音符自手風琴中悠緩湧出，散入於飄搖的山谷……直至身體成了音箱，發出的歌唱與冥想共鳴，渾然忘我——

復始

嚴寒綿雨的十二月壓在眉眼上，眸光蒙著陰鬱的灰霧，溼冷的腳步無由地沉重，終於走到了最後一夜，隨著激動的倒數聲，碰的一聲，門關上了，將今年濡溼的尾巴用力甩在門後。世界正歡慶剛誕生的一年，紛以璀璨的煙火再次將期望燃亮。

推開2014元旦的清晨，只見金燦的陽光穿過飄流的山嵐，浮漾著夢一般金色的輝光；靜謐的空間，有潺潺的歌聲如帶蜿蜒入天際，彷彿上天的祝禱，化成光耀的音符，嘩啦啦地遍灑大地——風雖然仍帶著寒意，卻驅不走一朵朵競相怒放的心花。

結束開啟了新生，而新生也預言著另一個終點，在空性的中心軸上，世界緣之而循環不息。當黑夜來臨時，我是無悔的月光；當黎明升起時，我慶幸又是嶄新的一天。

流轉的風景

此方與彼方互換的風景裡
眼耳鼻舌身意重又甦活
一路和著新奇的節奏

而彼方與此方的風都是風
雲依舊是雲　終於明白
怎麼走都在旅途中
人在旅行　萬物在旅行

戀戀龜山島

浪花競相奔逐跳躍
撲落於時間的沙岸
一貫的節奏悠遠成曠古
至於海上那隻龜
依舊　不動如山

記得第一次到宜蘭，是三十幾年前朋友帶我到頭城拜訪其兄嫂，房子在海邊，位於天寬地闊的壯美海景中，屋主是一對俊美的神仙眷屬，彷彿童話中完美的結局；走出家門就是沙灘，面對著波浪翻滾的浩瀚太平洋，海中還蹲著一隻大烏龜，朋友說是龜山島，那次是我跟龜山島的初見面，當時情景帶給我極深的印象與震撼。

中年之後，昔日友人已各自天涯，卻念念不忘那海邊的屋子及主人，遂開車沿著濱海公路尋找，終因記憶模糊或者景物已遷變，而永遠留在回憶裡了；倒是愛上了伯朗咖啡前的海灘和旁邊可悠閒漫步的堤岸。近幾年來一想到就往那邊跑，不論晴天雨天，或者月夜，不論哪一個角度，龜山島無所不在似地總會闖入你的眼簾，它一派安靜地蹲在不遠處的海面，真所謂「相看兩不厭，只有龜山島」，我看著看著卻看出了好奇，終於有一天決定越過海去一探它的真面目，於是安排了一趟親子賞鯨、繞島、登島之旅。

時間是某個秋日，早上九點在烏石港集合，我們是第一艘出發的遊艇，當船身畫開藍色的大海，雪白的浪花便開始興奮的手舞足蹈。兒子揹著相機早已不知去向，我則跑到船艙外面，驚嘆於眼前鋪展開來的海，如緞輕緩起伏的靛藍，無邊無際難以言喻的迷人色澤——船起初繞著龜山島而行，我們看到了龜山八景中，受海水的侵蝕而形成半圓形海蝕洞的眼鏡洞，還有海水顏色呈乳白的海底溫泉湧上流，以及島末端拖著長長尾巴的神龜擺尾等，如此近距離看龜山島，自又是一番不同的視野。船長說斥候船已尋到了鯨豚，於是加速前往，果然沒多久，前方出現了一群可愛的鯨豚，牠們時而躍出水面，時而潛入水中，偶爾來個空中飛躍，驚呼聲此起彼落，看了好一會兒之後，才見左後方有兩艘遊艇也正火速地趕來，船長說讓給他們看吧！遂駛離前往龜山島。

聽說龜山島四月時正值野百合盛開，美麗極了；我們在秋季前往，老虎發威氣候仍然炎熱，當然也看不到百合花了。這座島面積只有二點八四一平方公里，海岸線長九公里，是蘭陽平原東面的一座火山島，也是台灣現存的活火山之一，由安山岩質之熔岩及火山碎屑岩二種火山岩組成。地形可分龜首、龜甲和龜尾三部分，龜首高二百三十九公尺，呈橢圓錐狀，與龜甲之間有南北向之凹地，居民稱之為龜頸。龜甲最高點四百零一公尺，向北展開成扇形之山麓。背後以大斷崖臨海。基本上以龜尾較適合居住，遂成為主要活動生活區。

龜山島在清朝年間雖已屬於私人產業，卻仍是個無人的島嶼，後因漁民經常到島上休息，見島周圍魚場魚類豐富，於一八五三年開始有人定居於此，並慢慢發展成村落，最繁榮時達一百五十戶，人口有七百五十九人。村民除了捕魚之外，也種植花生，當時土地都是跟壯圍陳家承租的。後來由於龜山島本身缺乏港口，又多次遭受颱風豪雨的侵襲，造成島上居民受困近兩個星期幾乎斷糧，於是有人提出了遷村意願，經各單位多方配合，由省府在大溪興建國宅，居民於一九七七年完成了遷村；同年因軍事需要，政府將龜山島畫為火砲射擊試驗場，成為台灣東北部海域及蘭陽地區軍事的防禦要塞。解嚴之後，於二〇〇〇年八月正式將龜山島納入東北角海岸國家風景區，定位為海上生態公園對外開放觀光。登島之前須先經過申請，並限制每日的登島人數。

我們在北岸碼頭登島，穿過一座鐵橋，橋頭有穿著橘色制服的海巡人員控管人數。一踏上龜山島迎面是沿著堤岸怒長的仙人掌，那錯綜伸展的青綠線條，襯著背後藍天白雲，充滿著強勁樸拙的視覺之美。左方坡下草地邊是牆壁繪著迷彩的遊客服務中心，在此地稍作休息我們即展開繞島步行，應該說是繞湖啦！龜山島上共有兩座小湖泊，即龜尾湖和龜首湖，分別在龜山島的前後段；龜尾湖原本是一座淡水湖，因島上居民引海水入湖，希望建造一個漁港，並修築堤防，後來經歷多次颱風，造成堤防毀損並堵住，最後變成了壅塞湖，成為鹹淡各半的湖泊。

我們沿著龜尾湖逆時鐘而行，首先看到原名為拱蘭宮的普陀巖，只見畫簷雕龍，明麗彩繪，供桌後端坐著金身的觀世音菩薩。此寺曾是島上居民的信仰中心，建於一八五四年，早期奉祀的是來自唐山的太子爺哪吒，後由於島民多以捕魚為業，遂改為

沿著龜尾湖逆時鐘而行

島上舊時聚落區

供奉媽祖娘娘為主神，以保護漁民海上的平安，遷村後媽祖也跟著一起遷出去了。據說，因島上沒有了神明庇佑，駐守國軍接連發生許多怪事，故又將此廟改為供奉觀世音菩薩，並更名為「普陀巖」。

繼續前行就是舊時的聚落區，日據時代，住屋多卵石堆砌，以茅屋頂或瓦屋頂為主，之後才有鋼筋水泥的建築。由於長久無人居住，屋舍街道荒蕪寂靜，只有一間屋子較為引人注目，旁邊立著枝椏交叉裝飾著彩色浮球的枯木，屋前橫面上寫著「浪木重生」的展示屋，據稱是管理處請三義木雕師傅渡海來此，利用漂流木創作所布置的「木雕藝術空間」展區，惟整體還是稍嫌簡陋不足，白牆上有毛筆隨意揮灑的：「浪聲喚醒著生命的靈魂，龜山島就是我生命的燈塔。」靜靜地道出了某個駐島創作者的心聲。

行過聚落之後，可看到右方一列白色平房，中間插有國旗，屋前則種了一排整齊的椰子樹，算是島上最為醒目的地標了，這裡日據時代曾是講授日語的國語講習所，光復後成為頭城國民學校龜山分校，後來獨立為龜山國民小學，是島上唯一的一所學校，民國六十六年居民遷村之後，便改建為駐軍營區。再往前走會看到遠遠右前方隔著一大片荒草地，有一座燈塔挺立在堤防邊，於遼闊海天映襯之下雖顯得渺小，卻又有一種堅持守護的動人之美。

沿湖左轉來到南方碼頭，可看到島末端一道鵝卵石長灘，這就是所稱的「龜尾」，由於受風向和潮水的影響，尾端會隨著季風而移動，吹東北季風時龜尾偏南，吹西南風時龜尾偏北，據說颱風來時龜尾還會斷掉，之後又自動癒合，在人類對於天地萬物皆有靈性的想像之下，「神龜擺尾」遂成了大家津津樂道的一大奇景。左前方是軍事坑道，坑道前立有著名的「島孤人不孤」的石碑，附近還有一座美製高射砲。位於崗哨右後方的軍事坑道，是由一條主坑道加上八條分支坑道構成，總長約八百公尺，坑道裡雖有照明設備，但仍顯昏暗，盡頭直通到海，也有一座同樣的高射砲台，砲口直指著碧悠悠的海面。較為特別的是，為了減少射擊時人員受到音波震動的傷害，面海坑頂上密密麻麻的布滿三角錐型的消音錐。

出了坑道復往前行，可見湖邊露台上有一尊手持甘露瓶乘龍的白色觀音，面對著悠綠水波，默默地守護著島上軍民；乘龍觀音像約興建於民國七十年間，據說當時由於士兵常常無故失蹤，傳言四起，軍方遂在湖邊的環湖步道上興建了這座觀音像，並逐漸變成島上信仰中心，一旁的導遊正口沫橫飛地述說此座觀音有多靈驗等等。觀音背後的山巖是岩漿冷卻形成的火山岩，綜橫交錯，地質極為特殊。我們沿著環湖步道爬登，兩旁樹木蓊鬱，石徑上灑滿了白亮的陽光與褐紅的落葉，岸邊枝椏凌波，行至高處還可以俯眺整個湖景，周遭幽靜極了。

出了步道，經過湖邊一座木作樸雅的涼亭，來到了普陀巖後方的一處湧泉，由於龜山島雨量夏少冬多，坡度陡河谷短，因此無法形成經常性的流水，而這座湧泉冬季則持續有泉水湧出，居民有時取為民生用水，稱之為「冷泉」，並譽之為龜山島的「生命之泉」，據稱冷泉的水質、冷度與蘇澳冷泉相似。今清澈的泉水上種植著美麗的睡蓮，雖已值秋，幽謐湖面上仍擎出一朵雪白的花苞，彷彿含笑地迎接我們的到訪，而步行至此正好完成了繞湖一周。

其實兒子最想去的是四〇一高地，聽導遊說要爬一七〇六級階梯，來回至少要三個多鐘頭，我們聽了就先腿軟了，齊聲對他說：下次你自己來吧！說歸說但可以想像登上高地，環顧俯瞰龜山島及海天的壯觀視野，自又是另一番難得的經驗吧！龜山島寧靜樸實的美，要親臨其境才能領會。下午一點多離開時，突然變天，灰濛頓時掩至，再度走過鐵橋時，我發現橋下岸邊的岩石上有好多螃蟹在爬行，生態極好，幸福的螃蟹再見囉！回程二十分鐘就抵達烏石港了，有另一批遊客接著等登船，我有點同情他們，慶幸自己一早就出發了，果然「早起的鳥兒有蟲吃」，台灣的氣候往往午後就變天，所以要遊龜山島，最好趕早。

回到本島，當我再次站在沙灘上遠眺龜山島時，感受更深了，當喧譁的遊客離去，整座島恢復了原先的靜寂，龜山島安靜的蹲在那裡，守護著自己的美麗，也守護著這一片蘭陽平原。而在這裡成長的宜蘭人，不管是出外打拚或是欣喜歸來，龜山島在目送與迎接之中，始終是鄉人最忠實的精神象徵。

每當蘭陽的孩子搭火車出外
當他從右手邊的車窗望見你時
總是分不清空氣中的哀愁
到底是你的，或是他的
……
每當蘭陽的孩子從外鄉搭車回來
當他從左手邊的車窗望見你時
總是分不清空氣中的喜悅
到底是你的，或是他的

想起了老作家黃春明的〈龜山島〉一詩，詩中道出了宜蘭子弟對龜山島濃厚的依戀之情，而我不是宜蘭人，卻也愛上了龜山島。

（人間福報2015.01.28~29）

女兒國風情畫

在中國雲南的西北高原與川滇交界之處，有一塊神祕的淨土稱為瀘沽湖，世代居住著一個古老的民族——摩梭族。二十世紀三十年代，一個叫洛克的美國學者踏入了這片土地，深深感嘆這片家園是「上帝創造的最後一塊地方」，並向外界揭開這封閉於大山之中，母系社會文化的神祕面紗，從此這片女人最後的領地被稱為「女兒國」。此外還有「後花園中最後一朵玫瑰」、「音樂湖畔的浪漫女神」、「外婆家園中的童話世界」等美稱，而來到這裡的旅人則說她是「人間的瑤池，未被污染的淨土」。

過了金沙江大橋，車子在寂靜的午后山野中爬行，後來的山路幾乎是180度的折轉，盤旋復盤旋，長久車程的疲累，使我們顧不得峻峭翠奇的山林之美，逐漸陷入昏沉之中。不知經過多久，恍惚中只聽得一陣歡呼聲，不覺精神大振，睜亮眼睛探向窗外——只見不遠處黛翠的山谷間鑲嵌著一方光潤皎潔的白玉，濛濛煙雨飄飛如輕紗，更見瀘沽湖的秀逸出塵，縹緲猶仙境，無怪乎有「人間瑤池」之美譽。

沿著松林山徑，我們終於來到湖畔的洛水村，此時已近傍晚，為了更貼近摩梭人的生活，我們住進了稱為「女兒湖風情園」的民宿。餐桌上主人為我們點上了蠟燭，說晚上十點以後才會來電，哇！瀘沽湖畔的燭光晚餐，光想就夠浪漫了。

摩梭人一如傳說中和善、熱情、好客，一桌的美酒佳餚，尤其更少不了他們待客必備的蘇里瑪酒，代表著你是尊貴的客人，不管喝不喝得慣都得嚐一口，否則是失禮的哦！除了酸中帶甜的蘇里瑪酒外，還有香醇濃烈的壯膽酒，摩梭人的菜偏鹹，其中有道醃肉片很肥但入口並不油膩。雨夜裡的餐桌上氣氛顯得格外熱絡，酒酣耳熱歌聲不絕，有位戴著圓邊帽的男子一直在門外探看，對於能歌善舞的摩梭人來說是很難拒絕歌聲誘惑的，於是我們邀請他加入，他也開心的高歌一曲，果然歌聲高亢嘹喨，不久也把主人引來同歡，同行有人忍不住便隨歌聲翩然起舞，將晚會帶至高潮，一直唱到被我們遺忘的燈——亮了。

第二天清晨，在木閣樓上推開窗，瞬間我便被眼前的景色給震懾住了，那映著曙光的瀘沽湖清新如詩，恬逸似夢，遠處幾朵白雲坐在山頭臨照水鏡，木舟悠悠地劃過絲柔微亮的湖面，岸上翠柳迎風，在水頁上不經意地將滿腔柔情寫下——原來，我們擁有一扇無以倫比的美麗窗景。

瀘沽湖中有好幾座小島，吃完早餐，喝了味道像鹹奶油的酥油茶後，我們便前往碼頭，有幾個摩梭小孩背著竹簍向我們兜售蝦米、瓜子、銀魚、紅花果等，我發現不遠處柳樹下，有一座由石塊疊成類似蒙古的「敖包」，探問之下才知道它叫「瑪尼堆」，是摩梭人拜拜祈福的地方。而我們一群女生興奮的租穿摩梭女的服飾，再乘船到里務比島，妳能想像嗎？一船爭妍鬥艷的扮裝摩梭女子，航行在瀘沽湖上是何等綺麗的風光呀！我發現湖上漂浮著許多白色的小花，問船家說是海菜花，此時對面船上划槳的真正摩梭姑娘唱起了歌，清越的歌聲滑過水面悅耳動聽極了。參觀了里務比寺，我們在美景處處的島上開心地拍照後，我獨自走到島的坡頂上，發現了一座造型特殊的白色建築，走近一看竟然是永寧土知府總官的雲遷墓碑，心想或許有個動人故事也一起埋葬在這裡吧！

回到住處，我們參觀了主人的木楞屋，一進客廳便可看到鍋庄前正燃燒著的火塘，坐在暖融融的火塘旁，盛情招待我們的是白髮蒼蒼的母親、溫柔善良的主婦，讓人真正感受到進入的是一個女人和她們的孩子構成的母系家庭；摩梭家族一母所生的孩子永不分家，家屬關係中只有外婆、母親、舅舅、姨媽及子女，家中由母親或姊妹中聰明能幹者充當家庭主婦，舅舅協助，因此摩梭文化中有濃厚的崇母敬舅意識，平時舅掌禮儀母掌財，家中成員各司其職，像我們住的民宿，即由家中一較年長的男子負責招待。由於沒有男人傳宗接代的觀念，因此生男生女都不受歧視，甚至以生女孩為榮，而家中的女人們把姊妹的孩子也當是自己的孩子，孩子們也不分母親或姨媽，都稱做「媽媽」，每個女人一般只生兩個孩子。在摩梭家庭中，「父親」和「舅舅」的角色恰恰做了對換，由於舅舅幫助姊妹成家立業，撫養外甥和外甥女，使他們在家中受到尊敬和愛戴，可以無後顧之憂，快樂地在自己母親和姊妹之中安度一生。

而最為外人好奇的，是維繫男女感情的走婚制度。摩梭族的少女到了十七、八歲，媽媽和祖母便要她們到門樓上專門為女兒準備的閨房裡住，外地人稱之為花樓。此時便會有小伙子盯了或送禮物示好，若女孩有意也會回送定情禮，約定暗語夜晚相會，亦即舉行「走婚」儀式，此時男稱女為阿夏，女稱男為阿都。摩梭人的走婚制度是建立在男女雙方誠摯的情感上，他們的感情自由，戀愛自由，但自有其道德規範和行為準則。女方永遠不出嫁，男子也不娶妻，各自仍與自己的兄弟姊妹生活在一起。青年男女從戀愛到走婚過程中，彼此尊重對方人格感情，結合是自願的，一旦雙方感情破裂便可結束這種情人式的走婚關係，彼此沒有怨恨和忌妒，他人也無可非議。

摩梭女子佇守花樓，男子們則長途跋涉，暮投晨歸，像候鳥般在花樓之間來回穿梭，她們揣著足夠的自信，等待情人扣響門扉，而不是像藤一樣去纏樹，她們以樹的形象和漢子們站在一起。在這裡一切山水人物，河流土地無不染上一層母親的色彩，透出女性的靈氣。她們勤勞善良、平凡實際，卻又浪漫迷麗、魅力無窮。

我在隔壁雜物間的木架上看到兩條醃豬肉，也就是豬膘肉，或稱琵琶豬，是摩梭人主要的肉類，據稱是將豬剖膛，取出內臟、瘦肉、骨頭，剩下的肥肉以鹽、花椒等醃起來再縫合，可存放很久，且放越久越好，若放上了一、二十年還可生吃呢！主人笑著又補上一句：「還能治療拉肚子哦！」之後我才知道原來為了表示盛情歡迎，昨晚餐桌上那盤醃肉已放有十三年之久了，當下差點沒把我嚇壞，此後我再也不碰摩梭人桌上的任何醃肉了。

下午我們就在湖邊自由活動，由於天氣仍未見清朗，雲氣的流動極富變化，如浪翻湧，如墨渲染，水色澄澈凝碧，湖光倒影上下相連，而浮漾其間的潔白小花呀！彷彿是哪個戀人留下的純情詩句。岸邊柳樹下繫著幾匹駿馬，一位摩梭族婦女正靜靜蹲在湖畔伸入水面的木板條上浣洗——眼前景致恬美得像一個夢境，天上人間，時空頓時悠遠了起來，夢裡不知身是客呀！我一個人

閒適地漫步著，信步走入一家商店，驚訝的發現牆上掛滿了許多具有濃厚民族風味的蠟染、扎染布畫，有些構圖看得出是仿自雲南畫家丁韶光的作品，當然也有一些是當地畫家之作，因為太喜歡了，所以一口氣買了好幾件。

晚餐過後，附近有篝火歌舞表演，即使下雨天，表演的地方仍擠滿人。摩梭姑娘們跳舞跳得百褶裙都溼透了，但氣氛還是很熱絡。在摩梭族裡有：「生活中沒有歌舞，就像湯裡沒有鹽」的俚諺，只要你踏上了這塊神奇的土地，悠悠的歌聲，優美的舞步便會伴隨著你。摩梭男女藉著情歌來表意，調子常是固定的，歌詞可隨意創作，旋律猶如山間清泉，從容悠遠且深情，無論你走到何處，都能聽到這支歌。對於摩梭人來說歌和舞是分不開的，在夢一般深邃的高原上，笛聲、笙聲牽著能歌善舞的人，美麗的姑娘會拉著你的手走進一片歌海舞潮中。摩梭舞曲裡最具代表性的是「甲搓舞」又稱「鍋庄舞」，大家手牽著手隨著笛音舞手踏足，場面非常的壯觀。

深夜，雨仍未歇，大夥兒在院子旁的騎樓下燒烤，同行來自外蒙古的朋友森·哈達，一邊吃著牦牛肉，一邊訴說在瀘沽湖畔巧遇冰瑪拉珠的動人故事，大夥兒開他玩笑：「今晚會不會去走婚呀！然後蒙古草原上的漢子，就留在女兒國湖畔過一生……」摩梭人目前仍以走婚為主，文革時曾被要求改行婚姻制度，但現在政府又鼓勵他們保持原有的傳統，坐我旁邊幫忙燒烤的摩梭少年，是主人家回來過暑假的小兒子，目前在寧蒗讀書，是個初三生，我問他喜歡哪一種方式，他毫不考慮的回道：「走婚」，因為可以住在自己的家裡。

主人帶了笛子來，有笛子當然就有歌聲囉！主人的表弟站起來說要為我們唱一首「美麗的瀘沽湖走婚歌」，於是在肉香、酒香和雨聲、笛聲、歌聲交織之下，我們在瀘沽湖度過了最後一晚。

隔天一早，又去湖邊散步，看曙光下的瀘沽湖，一位頭戴圓邊帽的摩梭男子，正默默解下豬槽船向灰藍柔亮的水際划遠——各自天地，離別在即，戀戀不捨之情油然升起，一絲絲的幽藍輕染這美麗與哀愁的清晨湖畔。

向主人家的祖母和母親道別之後，便踏上歸程，一路上每個人的眼睛仍追尋著那漸遠的湖影，直至消失在一片蒼鬱的松林中，此時哈達突然唱著：「我的愛！冰瑪拉珠，我的愛！瀘沽湖……」原來他昨夜喝醉了，未能去走婚，大概有些懊惱吧！車子又開始在大山之間盤旋，行至一門坊時，我回頭只見到一邊門碑上寫著：「東方第一奇景女兒國」，之後便隱沒於群山翠嶺之中了——

（安康文學2002.04.18）

詩路之旅
——第二屆青海湖國際詩歌節紀行

從太平洋邊美麗的小島飛向世界的屋脊，像隻青鳥般，越過了大海與高山，在離太陽最近的地方，每一片詩的白羽，無由地被照得閃閃發亮。

飛降西寧時，自空中往下眺望，映入眼簾的是一片荒漠似的起伏沙山，逐漸地起伏的山開始點上了翠綠，而蜿蜒山間的道路，猶如一條條淺褐色的麻繩，裝置藝術般隨意地彎曲置放其上；有時因光影的不同，群山就像是大地上綿延不絕的巨大屏風，上面刻著美麗的樹枝圖形，隨著飛行的角度及陽光變化，眼前不斷變換的景致，氣象萬千。就在降落前一刻，一座座山巒，螺旋般紋路自山頂環繞而下，一座不稀奇，但若成千上百的山皆如此，那圖案般的景象之美，可就令人目不暇給了，它讓我想起了梵谷的畫。

經歷了一天的飛行、轉機，八月六日傍晚，終於抵達了青海省首都西寧。報到、晚餐之後，在張默和管管房間見到了沈奇及馬非，沈奇所贈《詩與詩話》一書中言：「詩是一種慢／一種簡一種／沉著中的優雅」，令人印象深刻。

八月七日，在青海賓館旁的會議中心舉行開幕儀式，本屆國際詩歌節計有四十幾個國家近200位詩人參加；接著是針對「現實與物質的超越——詩歌與人類精神世界的重構」為主題的論壇發言，真是百家爭鳴。有二十多位來自世界各地的詩人自由抒發個人對詩精闢的體會與見解，如西班牙的胡安‧卡洛斯梅斯特雷

（Juan Carlos Mestre）認為「詩如覺悟」——詩歌或許是某種覺醒，這種覺醒是以其他方式都無法獲得的。法國詩人雅克・達拉斯（Jacques Darras）則認為自己是個現實主義者，他覺得現實本身神祕無比，且無法避開，所有詩歌都會增進我們對現實的認識。希臘詩人安那斯塔西斯・維斯托尼蒂斯（Anastassis Vistonitis）說：詩人注定會被回歸到「理性」這個詞上，但這種理性從詩的角度來說是一種預言。來自以色列的女詩人阿吉・米斯赫爾（Agi Mishol）一直徘徊在戰爭與詩歌之間，體驗到現實的艱難都會滲透在詩歌中，即使不是直接的，也是間接的，而詩歌的作用是喚起我們對同情和良知的渴望。日本詩人野村喜和夫則說：除了事物本身，詩歌沒有任何的目的，它靠自身散發光芒，但與此同時，這光芒使我們能夠感覺到潛伏在幕後的東西——巨大的黑暗和寂靜。上海詩人楊匡漢則提出：靈魂窺見墓地後面的光輝，在充滿艱辛和憂傷的大地川島上，獲得人生與藝術所揭示出來的真諦，是一種磨難，也是詩人生命的慶典。而來自台灣的詩人白靈，以科技為根據，詮釋詩的精神是在看得見與看不見之間的互動，更是令人耳目一新。凡此等等，真是一場擴展視野、相互交流的詩觀饗宴。

八月八日上午一早，全體驅車前往嚮往已久的青海湖。車子出了西寧，便往湟源方向奔馳，車上導遊小桃一路為我們介紹青海省的風土民情，她說窗外望去所見的山峰都是祁連山系，對我來說祁連山是地理課本上的有名山脈，是一首歌裡的美麗景象——雪皓皓，山蒼蒼，祁連山下好牧場。如今就真實地出現在眼前，怎不令人興奮呢！車行了兩個多鐘頭，終於來到了青海湖，我眼前一亮，只見碧藍的湖面與湖畔鮮黃的油菜花、翠綠的青稞田相映成趣，明麗極了。十點在青海湖畔舉行「青海湖詩歌牆」的揭幕儀式，並由青海副省長也是著名詩人吉狄馬加頒發首屆「金藏羚羊國際詩歌獎」，由阿根廷詩人胡安・赫爾曼（Juan Gelman 1930—）獲得，其得獎理由乃以樸實、精煉的語言，豐富、深邃的意象，體現並捍衛了詩歌與人的尊嚴。之後有《青海湖暢想曲》交響音樂會的演出，當耳畔響起優美的樂音，眼睛越過因背光如剪影般的樂團，落在悠碧湛藍的湖面，那美的撞擊與悸動，令人神馳。音樂會後詩人們紛紛在詩歌牆上留下了自己的名字。

用過午餐，漫步在青海湖畔，只見碧澈的湖面連接著蔚藍的天空，水天交接處高低蹲著一列雪亮的雲朵。我踩在鬆軟的沙灘上，望著一波波湖水自遠處湧來，輕輕拍向沙岸，那水明透極了，我深深吸了一口氣，感覺連空氣也是淡藍色的。迎面遇到了來自俄羅斯的艾列娜及她的中國先生，我們互相為對方在寫著「雪域聖湖」的石碑前拍照。我繼續沿湖步行，湖邊有藏人及他披飾美麗的牦牛，也有藏族服飾出租，我拍下了水邊那隻披著錦鞍彩飾的牦牛，只覺牠的眼神非常的柔和明美，似湖水一般。我一直走到長堤，才往上繞回停車處。

下午回程，前往湟源縣丹葛爾古城明清一條街采風，並參加昌耀詩歌館揭幕儀式。湟源史稱丹葛爾，為絲綢之路要塞，而丹葛爾古城是茶馬商都，明清時期西北地區最大的貿易集散地，也是一座文化古城。城內經緯交織的幽靜街巷，結構獨特的民居院落，風格迥異的湟源排燈，以及丹葛爾皮綉、陳醋、藏地靴製作等，加上頗具特色的地方曲藝、民俗文化活動，皆為古城增添了豐厚的文化內涵。昌耀詩歌館即在古城裡，館前院子中有一尊昌耀戴眼鏡、圍巾的半身白色塑像，詩歌館內則陳列昌耀生平的詩文原稿及隨身用品等等。我讀著牆上他的《雪・土伯特女人和他的男人及三個孩子》，試著從詩行中認識這位備受尊重的詩人。昌耀曾於1957年被打成右派流放荒原二十二年，而他最初的「邊關流寓」之地即是青海省湟源縣日月藏族鄉，他在這裡成了一藏族之家的義子和贅婿，故而他以來自青藏高原的土著民族元素和大地氣質，悲憫的情懷及博大堅定的道德擔當，構成他詩歌的獨特性和精神氣象，也因此被當代詩壇稱為「詩人中的詩人」，受到崇高的敬重。他在《愛與死》一詩中如此寫著：「在善惡的角力中／愛的繁衍與生殖／比死亡的戕殘更古老／更勇武百倍」。在昌耀塑像前與張同吾老師合影，感覺特別有意義，張老師有一種中國文人儒雅的氣度，其在《五里橋遐思》一詩中如此寫著：「夏日向晚　細雨迷濛／我和詩歌一起站在五里橋上／感受詩歌的長度／感受歷史的滄桑／感受經過日月磨洗的石頭／具有怎樣襲人的力量」。

在古城的衙署門前，終於遇到了只通過電話，卻一直未曾謀面的祁人，之後才知道他還是個詩歌朗誦高手。晚宴設在古城一家餐館，餐後在中庭舉行詩歌朗誦會，吸引了許多附近的居民前來觀賞，因而會場顯得有些吵雜，但是詩歌能與一般老百姓如此接近，也是件美好的事。

八月九日上午，行程安排參觀塔爾寺及藏醫藥博物館。到達塔爾寺時卻下起了雨，加上當日遊客異於尋常的多，我們在如意八塔前由導遊帶領參觀了大經堂、時輪學院、大金瓦寺、酥油花館等，由於雨濕及人潮，使得整個參觀過程顯得擠亂不堪，只能走馬看花，我心裡打定主意等活動結束，一定要再來好好的重新參訪。我望向山門外正好有家住宿賓館，記住了名字心裡便踏實了許多，沒想到同行的婉雲姐上了車，有點喘的塞給我一張名片，我一看正是那家賓館的名字，哇！簡直是靈犀相通（後來我留在青海的三天，竟全在塔爾寺內外「慢遊」，且有許多美好的緣遇，這是後話）。由於在塔爾寺拖延了太多時間，藏醫藥博物館的參訪只好取消了。

下午除了部分的詩人去參加青海師範大學的朗誦會外，其餘的人可自由活動。我因手腕疼痛，正好得空到附近的第二青海醫院就醫，也是一次難得的體驗。晚上除了賓館前的小廣場有朗誦會外，還有青海作家協會辦的朗誦會，我參加後者，地點在西寧市區的一家咖啡館舉行，空間氣氛還算優雅，我和張詩劍等香港來的詩友坐一起，另外還有外國及大陸的詩人，由詩人兼翻譯家高興主持，在美好的氛圍中，詩擺脫了語言的隔閡，藉著聲音表情，互相撞擊出美麗的光與熱。青海詩人馬非大概開心多喝了兩杯，情緒顯得有點high，但當他在朗誦自己的作品時，那神情卻又如此慎重莊嚴。在詩歌之前，詩人是清醒的。

八月十日，七輛巴士車一早便啟程前往坎布拉，參觀丹霞地貌，這已是活動的最後一天。車子出了市區，只見一畦畦金色的麥田，間綴著深綠樹木，遠處青蒼的祁連山環繞，天很藍，佈著白亮薄雲。車內詩人朋友們則開心的引吭高歌，同車有當地土族朋友為我們唱有名的歌謠「花兒」，而來自蒙古的仁・斯琴朝克圖一曲「蒙古人」，更是令人叫好，鄭愁予夫婦也忍不住唱了年輕時的懷念老歌……因為歌聲，因為窗外的美景，使得將近三個小時的車程飛快流逝。沿途常可見到屋外圍以方形土牆的民宅及頭戴白色小圓帽的回族人；當車子行經一座橋時，橋下是清澈如鏡的河水，上下倒影優美如畫，小桃說那是黃河，我驚訝極了，一直以來總認為夾帶泥沙滾滾的黃河，從不曾清澈過，不是有句話：「跳到黃河洗不清嗎？」沒想到黃河竟也有如此清新、澄淨的風貌，我才恍然想起青海素有「江之源」之稱，它是黃河、長江、瀾滄江的源頭，這簡直是一大驚奇，沒想到更多的驚奇還在後頭。在中途站換了小型車繼續往上爬行，此時沿途的景觀開始

伴隨著此起彼落的驚嘆聲。霞紅的群山，清碧的湖水，幾抹雲橫臥在山腰，空中微微飄濛著雨霧，有人忍不住叫著：「我們彷彿闖進了西王母的瑤池」，真是人間天上呀！

到了遊客休息中心，又改搭遊園車前往山頂，遊園車只以鏈條將兩旁圍住，冷風就這樣直喇喇的迎面撲來，凍得大夥兒猛打哆嗦，我把能披的衣物全裹上了。幸好美景轉移了不少的注意力，在寒風中欣賞高聳的丹霞地質奇峰，另有一番況味。下車處，有一條步道蜿蜒向另一座山峰的亭子，據說在彼處可俯瞰全景。我穿著長裙披著長外衣，把圍巾垂覆在頭頂擋太陽（那模樣大概有點像印度女人吧！）漫步在小徑上，看著陽光從樹葉間篩落，兩旁野花盛開，心情是閒逸的，我不想為了趕目標，而錯失眼前這情境這風光，走到哪兒就算哪兒吧！我欣喜無比，也恬靜無比。時間打造出雄偉、壯麗的丹霞奇峰，時間也把中年心境磨洗得平靜、清澈。

自坎布拉回到西寧已黃昏，晚餐後安排前往青海電視台，觀賞音樂詩歌演唱會。在錄影棚裡，表演者以聲音表情，以音樂，以舞蹈，以舞台的光與影，只見詩歌撲動著絢爛的彩羽，翱翔在視覺之內，在想像之中，在詩歌節的最後一晚，畫下了美好的句點，有如夜空光亮的星子，恆在往後的記憶裡閃爍著——

在青海湖畔

因為離天空最近
聖潔的妳碧澈藍眸閃動著
天使光芒　千萬白羽飛起

因為離太陽最近
圍繞妳頸項的金燦花巾
在夏日裡飄揚著　熱情的低語

成列的雲朵捧著雪白的哈達
虔敬地等候　在天邊在水際
等候妳吉祥的祝福
當風兒再度吹起
流浪的耳畔依稀有頌歌相伴

而我在靠妳最近的地方
聆聽潔淨的言語一波波地湧來
在金色的沙粒上
在我跋涉千里的足旁
默默地拾起
夾在空白的菩提詩頁裡

啊！在靠妳最近的地方
我手中竟沒有雪白的哈達
新染的鮮黃花布還零散地晾在湖邊
我只能匆匆地掬一朵藍
在轉身離去的剎那
別在離心最近的襟上

（2009.10秋水詩刊143期）

青海塔爾寺之行

塔爾寺正門

那是一趟極特殊而難忘的旅行，我即將遇到的人彷彿早已在那裡等候；那也是一個充滿能量的地方，我心生的每一個念頭與願望彷彿都被聽到了。

結束了國際詩歌節的團體活動之後，心情格外的輕鬆，我延後歸期多給自己三天的自由行，事實上除了想再拜訪塔爾寺之外，其他的行程都尚未規劃。之前主辦單位也安排了參觀塔爾寺，唯當天下著雨，遊客又異常多，聽說也有大官來訪，因此幾乎是人擠人的慘況，根本無法靜下心來觀賞，於是心裡打定主意等活動結束，一定要再訪塔爾寺。出租車一路飛快地奔往湟中縣，來到了塔爾寺前的一條民俗藝品街，路旁有位年輕人說前面施工車子過不去了，我只好付錢下車，提著行李還未搞清楚方向，那年輕人趨前問我需不需要導遊，我擺手拒絕，我必須先找旅館安頓下來。年輕人仍然很熱心的幫我拖行李，上上下下的爬階梯，我心裡頗為過意不去，他卻直說沒關係。經過塔爾寺大門前的廣場，無意間抬頭望見右上方，有一排藏式風格的建築，大門上匾額寫著「宗喀賓館」，我決定去看看。賓館大廳是純藏式風情，暗紫紅地毯，橘色圖繪的木桌椅，寶藍色的椅墊，牆上掛著大幅的佛教壁畫，房間分藏式及西式房，感覺還不錯。落腳處有了，遂跟年輕人約好下午一點導覽塔爾寺。

我沿著民俗藝品街覓食，最後走進一家小吃店，隔壁桌是一對藏人夫婦，他們叫了蒸餃及米粉湯，看起來分量不少，我因九點多才在西寧青海賓館吃了早餐，並不特別餓，於是點了一盤清炒油菜花，菜端上來了果然好大一盤。飯後沿著商店街逛回去，路邊攤販除了賣烤肉串、土豆等之外，還有一碗碗整齊排列的酸奶呢！

塔爾寺巡禮

回到賓館，年輕人已在門口等候，俊挺而誠懇，胸前的導遊證上寫著「胡林」。胡林說可以去見活佛，因之前我曾問他見得到活佛嗎？他說要看情況。於是我們去買了哈達，走過廣場，在塔爾寺大門口售票處買了票，那方型票卡是條碼感應頗為先進，內附有縮小版的介紹CD，封面上印著塔爾寺圖。胡林領著我經過小金瓦寺，往左側的小土路爬行，沒走多久我便氣喘吁吁，此刻才真正感受到已身處在高原地區了。經過了一些屋舍，最後來到一處宅院，入口處早有五位旅客安靜的在等候，我們被叮嚀把哈達攤開對摺，摺口面向自己，獻哈達時要高舉過頭等等一些須注意的禮節。

一會兒後，中庭對面的侍者示意我們可以過去了，於是六人便成列入屋，一一獻上哈達，室內的桌椅如賓館所見為藏式，活佛坐在正中間的金色座椅上接受我們所獻的哈達，並掛回我們頸上，摸了一下我們的頭，接著我們坐在兩側的椅子上，聆聽活佛誦經祈福，最後奉上供養金安靜地離開。我問等候在門口的胡林，可以和活佛照張像嗎？胡林問了隨侍喇嘛，對方搖手表示不行。我們只好到右側的小寺廟拜拜，虔敬地身口意禮拜之後，出了小寺廟，不料那位隨侍喇嘛竟招手示意我可以進去跟活佛合影，我簡直太驚喜了，胡林說是因為我們誠心的緣故。

出了活佛家，胡林便開始塔爾寺的導覽，首先看到的是藏人研修藏密經典的時輪壇城，它是佛教密宗四部本宗壇城，大殿內為圓形立體壇城，外圓內方，內為身語意三城，外有土、水、火、風等環城圈，三城十二門，另外佛龕、城樓造型皆別致，佛龕中供有本尊金剛像，大殿右側塑有千手千眼觀世音菩薩，左側是持法輪、寶瓶的未來佛（彌勒佛）。壇城四周有內藏嘛尼經頭的轉經輪，供信徒和遊客轉誦。胡林介紹時還提到藏地特有的天

左：四瑞銅像
右：到塔爾寺來還願的藏人老奶奶阿佳拉

葬儀式，對藏人來說，禿鷹是空行母的化身，牠會將肉身、靈魂直接帶到天上。接著拾階而下，經過大象、猴子、老鼠、鳥，由大而小依序上疊的四瑞銅像，迎面有向人乞討的藏人老奶奶，當地稱為阿佳拉，胡林說她們是到塔爾寺來還願的。傳統每個藏人一生中至少要到寺廟裡磕十萬個長頭，年輕人可能只需要三、四個月，年長者大概得花八至九個月，這期間的生活要自理，所以經濟較差的，可能就以乞討的方式來維生了。

梯階的下端通往塔爾寺的主要道路金塔路，階梯口對面是大經堂，門前高高地豎著兩支嘛尼杆，杆上掛有九色彩布做的傘狀經幡。大經堂是全寺最大的殿宇，也是全寺僧人集體誦經、聽經、學習佛法和進行其他佛事活動的重要場所，為顯宗學府。一進大門便見院子前的廊邊，有一排地鋪，上面是正在行大禮拜的藏人，男女老幼皆有，都是到寺裡來磕十萬個長頭還願的，每一張臉皆如此地專注虔默，他們左手上的佛珠就是計數器。經堂前的正面牆上有幾幅大型壁畫，據稱歷經四百多年的歲月依舊色彩鮮豔，主要是顏料非常講究，有百分之七十的成分是礦物質，其餘是植物。塔爾寺的壁畫和堆繡、酥油花素有藝術三絕之稱，壁畫的內容與題材大多出自佛經上的記載和故事。大經堂裡有藏式八楞大木柱對稱排列，據稱共有168根，其中60根暗柱建於牆中，明柱通體用龍蟠彩雲圖案的藏毯包裹，柱間垂掛的是經幡、法幢、幃帳、哈達、堆繡和藏式捲軸畫（唐卡），地上鋪著長形藏毯，上置一格格方形墊子，是全寺僧眾聽經、誦經時的禪坐，約可容納3,600多人。南北兩旁是大經堂的藏經架，架上收藏著未經裝訂一疊疊的經書，以檀香粉驅蟲。胡林一一介紹殿中的建築、佛像、裝飾等，他說唐卡依材質有繪畫唐卡、提花唐卡、堆繡唐卡和寶石唐卡，作品可大可小，寺中珍藏有四幅寬約20多米，高約30多米的巨大型堆繡唐卡，每當寺院舉行法會展佛時，便會鋪展在對面的小山上，供廣大的信徒瞻仰、膜拜，稱之為「曬佛」。

接著我們來到位於大金瓦寺南側，塔爾寺最早的佛、法、僧俱全的寺殿——彌勒佛殿，看高達五米的彌勒佛12歲身量葯泥鍍金坐像，其坐姿為半坐式，寓意隨時站起來為眾生奔走，塑像內珍藏宗喀巴大師的頭髮、袈裟片、僧帽和其父魯本格的額骨等，通體鍍金，面容莊重慈祥，背後有光焰四射的鍍金光圈。一般在漢傳寺院中見到的彌勒佛，總是大肚能容天下難容之事，一派笑容可掬的樣子，其實只是彌勒佛的化身像。在佛教寺院中彌勒佛的造型有三種，即佛像、菩薩像和化身像。彌勒佛殿建於明萬曆五年（1577年），因年代久遠，殿前大柱已略往內傾斜了。對面則是釋迦佛殿，供奉釋迦牟尼佛的泥塑鍍金坐像，因佛冠上鑲有各式珍貴的珠寶，故又稱珍寶殿。

宗喀巴誕生地

接著來到位於全寺正中的大金瓦殿，以宗喀巴紀念塔為中心，歷經三百多年不斷修繕和擴建，遂成為頗具規模的殿宇。此殿亦是當年宗喀巴的降生地，在信眾的心目中，他是獅子吼佛托借文殊菩薩的化身，轉世投胎於阿尼瑪卿雪山下，青海湖東畔杰日宗喀蓮花山中。胡林說：據傳宗喀巴誕生時臍帶血滴落之處，生出了一棵白栴檀樹，逐日根深葉茂，每片葉子清晰的顯現出一尊獅子吼佛像，樹幹上還出現文殊菩薩的七字心咒。宗喀巴因幼年即出家，十七歲到西藏學習佛法，一別就是六年，他的母親香薩阿曲非常思念遠在西藏的愛子，遂寫了封家書並在信中放了一縷白髮盼他能回家。宗大師收到信後，思及佛法尚未學成，考慮再三，遂畫了一幅自畫像，一幅獅子吼佛和一幅勝樂金剛中的如來藏像，回了一封信給母親，提及若能在其出生地，用那棵白栴壇樹（菩提樹）和十萬獅子吼佛像做胎藏，修建一座佛塔，就如同見他回來一般。於是次年（1379年）香薩阿曲在鄉人的協助下，依兒子信中之言，以帶回的佛像陽模翻製獅子吼佛像十萬尊，置樹四周，並用石板將栴壇樹連同獅子吼佛像一起圍起來，建成一座蓮聚塔，這是塔爾寺第一座珍貴的寶塔，也是最早的建築物，後經過幾度更易，最後以純銀做了一座菩提塔型。1560年又建一瓦殿覆蓋塔身，以保護佛塔，所以塔爾寺是先有塔後有

左：大金瓦殿前的白栴壇樹　右：密宗學院

寺。1711年復用黃金1,300兩，白銀一萬多兩改建屋頂為金頂，形成三層重簷歇山式金頂。殿內懸掛著乾隆皇帝親筆御賜的匾額「梵教法幢」，其後矗立的即是12.5米高的大銀塔了。

大殿簷下聚集著許多磕長頭朝拜的信徒，因而殿前的木地板上可見因雙手來回划動而形成的光滑凹槽，及雙足蹬的槽痕，常常三到五年就要更換木板，殿門前有一棵翠茂的白栴壇樹，1992至1996年維修時，工人親眼見到從大金瓦殿內延伸出來的根部，亦即大銀塔內的栴壇樹歷經600多年似乎仍然活著，相傳最初建塔時，樹根下有一泓泉水，供栴壇樹生長，自從用純銀鑄成塔基後，就再也難見此樹和泉水了。有佛典說：佛教在世存在多久，該樹亦存在多久。它是藏傳佛教格魯派在人間產生、發展和存在的象徵。十萬片葉子，十萬尊佛身像，佛說大般若經也正好洋洋十萬言，而向每一尊佛頂禮，亦須頂禮十萬次，因此磕十萬個長頭還願之數，應該由此涵義而來的吧！位於大金瓦殿對面的依怙殿，殿外迴廊相繞，廊下設有轉經輪，殿內供奉宗喀巴年輕時的鎦金銅像，黃帽袈裟，手持哈達，十分端莊，是寺內最大的一尊宗喀巴塑像，亦被認為是極有加持的佛像，因而該殿也稱為宗喀巴殿。宗喀巴一生倡導戒律，整飭風氣，創立「善規」的格魯派，是改革宗教的一代宗師，因此廣大僧眾尊稱為「寶貝佛」，並將大師和兩位高徒嘉曹杰和克珠杰合稱為師徒三尊。出了依怙殿跟著胡林來到了寺僧研習天文曆算、天干地支、占卜法等學術的時輪經院，經堂內主供時輪金剛鎏金紅銅像，此外還有千手千眼觀音、彌勒佛、度母等佛像。往上行，最後面是密宗學院，乃塔爾寺的四大扎倉（學院）之一（顯宗、醫明、時輪、密宗），位於塔爾寺建築的最南側，大門前有一對青石雄獅，兩旁立有七彩經幡杆，象徵天地日月星辰，是研習密宗經典的學府。

酥油花的故事

出了密宗學院往回走，來到了酥油花館，只見玻璃櫃裡展示色彩鮮艷、造型栩栩如生的酥油花，令人眼睛一亮。酥油花是塔爾寺的藝術三絕之一，以酥油為主要原料，它是從牛奶中提煉出來的黃、白色油脂，成凝固狀，柔軟細膩，清香撲鼻，可塑性極強。據稱產生於公元641年唐朝同土番聯姻，當時文成公主與藏王松贊干布成婚時，帶去了一尊釋迦牟尼佛十二歲等身像，供奉在大昭寺內，按大乘佛教的規矩，供品有六色，即花、塗香、聖水、薰香、果品和佛燈，其中鮮花更是不可少，然當時正值嚴冬之際，草枯花謝，聰明的僧人只好以酥油塑造了一束花供於佛前。此後油塑技藝慢慢傳播開來，傳到格魯派發祥地塔爾寺已有幾百年的歷史了，由於藝僧憑著對佛的虔誠和對藝術的執著追求，在內容、題材上不斷變化，技術益加精湛，早已超越酥油花發源地西藏各寺而被公認為一絕了。

胡林說酥油花塑造過程極為繁複且艱辛，大多在冬季的三個月間進行，塑造之前油塑藝僧要先沐浴、發願，進行宗教儀式；製作過程中為了使酥油更加細膩光滑，需要將酥油放在涼水之中，長時間反覆搓揉，以增加其韌性，另外為了避免室內溫度及手溫融化酥油，須把窗戶打開，且經常要把手放入涼水之中來降溫，因此當作品完成時，藝僧的雙手也受了嚴重的凍傷。而作品從設計構思，綁扎基本骨架，再以黑色油泥塑出各種造型雛形，然後在酥油中揉進各種顏色的礦物質，調和成五顏六色的油塑原料，均勻地塗塑在各種雛形之上，有的地方還要用調好的金粉、銀粉進行裝飾和勾描，使塑造形像益加光彩奪目，最後將塑好的造型，按設計總圖要求，以鐵絲固定在花架上，並於花架的布幔上綴以各色燈，與色彩絢麗的酥油花競相輝映。

酥油花選用的題材，多屬佛教故事、人物傳記、神話傳說等，配以花草樹木、飛禽走獸、樓台城池、人物和佛像等，如「釋迦摩尼本生故事」、「文成公主進藏完婚」、「目蓮救母」等等，每年的農曆正月十五日，是塔爾寺的酥油花燈會，參加者除了廣大僧眾和信徒外，更引來數以萬計的國內外遊客，繞佛觀燈，載歌載舞，徹夜不眠。隔天一早會清出去年的舊作，將新展出的酥油花作品，搬進酥油花展館，館內因有空調恆溫設定，故即使觀賞時已夏季，酥油花仍然保持著原來的鮮艷色彩，美麗如初。

之後我們又參觀了祈壽殿，它是僧眾為祈願從西藏被護送來的七世達賴喇嘛，能健康長壽所建的，園內有好幾棵繁茂的菩提樹，樹下有一塊磐石，上面貼滿了錢幣紙鈔，相傳是宗喀巴大師的母親背水時小憩之石，後來被寺僧奉為「護法磐石」。接著我們繞過時輪大塔，來到了又名護法神殿的小金瓦寺，院內東西兩旁二樓迴廊陳列有野牛、黑熊、虎、豹、羚羊等動物標本，象徵護法威嚴。我見到護法神殿前有位僧人坐在大門前擊磬誦經，胡林說是寺裡犯戒而被罰的喇嘛。最後我們來到大門右側的如來八塔，一字排開的白色八座塔，氣勢莊嚴，均屬方底圓身的典型藏式塔，是塔爾寺最具代表性的建築之一。

導覽至此已近黃昏，大概見我頗認真在聽解說還做筆記，所以胡林也講得格外起勁，他說一般遊客大致三個鐘頭以內就可結束，我一看手錶已經五點多了，心裡很覺過意不去，想要多給他導覽費，胡林卻不肯收，離去時還告訴我待會兒可到寺外對面的山坡去走走，從那裡可以俯瞰整個塔爾寺，尤其夕輝映照在大小金瓦寺金色的屋頂時，光燦耀眼好看極了。塔爾寺的第一天，

左：從對面山坡俯瞰塔爾寺大金瓦寺及小金瓦寺
右：如來八塔與繞塔僧人

我覺得真是幸運能遇到胡林這樣熱心盡責的好導遊。當然我也依言，在黃昏裡獨自到對面山坡去散步，見到寺裡的僧人也來這裡，在暉亮的草地上或靜坐或相談，也有藏人工作完圍坐一塊悠閒地聊天，而這裡的視野及景觀更是令我流連忘返，這些都要感謝今天在塔爾寺遇見的第一個人——胡林。

郭師兄與塔爾寺的高僧大德

一天之內看了那麼多的殿寺，不免有些混亂，因此隔天清晨，吃過早餐，心裡只想著一個人再慢慢重逛塔爾寺。入了大門，先去看如來八塔（又稱善逝八塔），陽光下八座塔一列排開顯得格外的潔白壯麗。青海的八月氣溫仍維持二十幾度頗為舒適，我穿著五分袖上衣，著輕便的燈籠褲，把一條印度紡紗圍巾攤開披在頭頂上防曬。此時有一位老僧披藏紅袈裟手持佛珠走在前方，正虔默的繞塔而行，煦和的陽光亮花花的灑落在他身上，我默默跟在他後頭繞塔，心中感覺格外的寧靜。

沿著昨日的路線往左側僧舍方向上行，回頭可見不遠處的小金瓦寺，屋頂折射陽光一片金燦。路上偶有一、兩個僧人行過，樸靜的僧舍，有時傳來誦經聲，還意外發現了一間藏語佛學院呢！我輕快地行走在僧舍間的小路，那寧謐的氛圍令人彷彿墜入了時光隧道，不知今世是何世。突地一群小沙彌活潑蹦跳的出現在眼前，見我拿起相機，連忙示意不能拍他們，我只好放下相機看著小沙彌們消失在另一條小路上。從時輪壇城出來時竟遇到了昨日的導遊胡林，正帶著一群遊客過來，我們既驚訝又開心的互相打招呼，真是有緣啊！

走過阿嘉活佛院，我坐在大經堂對面的梯階上，專心地研究手上塔爾寺的介紹小冊子，忽然有位中年男子上前，自稱姓郭，青海西寧人，學佛三十多年了，常到塔爾寺來拜訪請教寺中的大僧，他直言直語說一看到我就知道我是位佛教徒。面對這突如其來的搭訕，我難免有些疑慮，見我猶豫不語，他便說：「妳放心，佛教徒是不打妄語的。」事實上當時我才接觸佛法不到半年，正在「菩提道次第廣論」研討班學習，他說那本書很難，他讀了好幾遍都還沒能完全讀懂，十多年前他還給日常師父寫過信呢！他對塔爾寺瞭如指掌，遂熱心的說要帶我參觀，一路上他講了許多的佛學知識、咒語、佛教界故事等等，有時我不太了解，

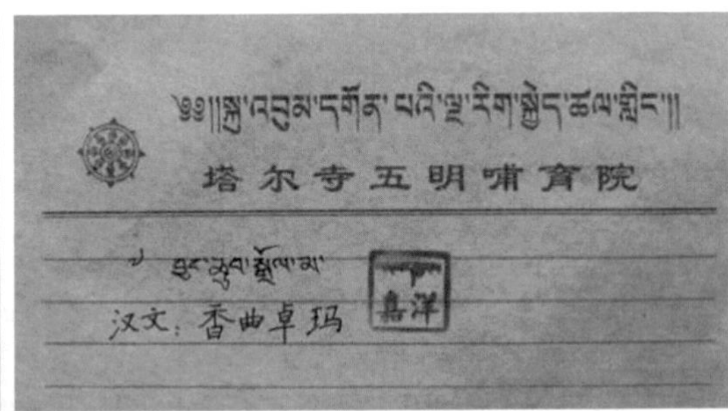

左：在塔爾寺與嘉洋上師合影
右：嘉洋上師賜名

他便寫在我的筆記本上，他的字俊秀有力，記憶力極佳，連趙樸的塔爾寺頌文都洋洋灑灑的寫出來。他說塔爾寺有位大修持者格嘉格西活佛（格西原為善知識、良師意，後引申為「博士」學位），對藏傳佛教格魯派顯宗、密宗都有很高的修持，擔當塔爾寺顯宗院的堪布（相當於漢地的方丈）五十多年，在塔爾寺四百餘年歷史中非常少見，他老人家一心修持為佛教，於塔爾寺公認是觀世音菩薩真正示現的比丘相。他熱心的說可以帶我去見格嘉活佛，但不一定見得到，就看我有沒有這緣分。另外還有一位嘉洋上師（嘉洋，藏語意為文殊菩薩），也是塔爾寺很有名的格西，是十世班禪的經師，嘉雅活佛轉世靈童的雍增（經師、老師意），曾遊學格魯派各大寺院，德高望重，修持精進，眾望所歸而成為大活佛轉世靈童的經師。郭師兄說嘉洋上師曾告訴他：「虔誠心第一，供養第二。」他老人家每日為自己修持兩小時，為眾生修持兩小時，剩下來的時間帶徒弟（包括轉世靈童）學經。

於是我們買了哈達，便前往格嘉活佛住處，按了門鈴有位喇嘛前來開門，我們說明來意，他便轉身回屋裡去請示，因郭師兄說不一定可見到，因此我有些忐忑。過了一會兒侍者出來了說可以，我開心的跟隨侍者進去，看到的是一位年老而慈祥的活佛，我恭敬的獻上哈達，格嘉活佛把哈達掛回我頸上並祈福，之後我就隨侍者出來了，整個過程時間很短，出來之後才發現因為太緊張而忘了奉上供養金了，心裡一直很懊惱，郭師兄安慰我說沒關係下次還有機會。接著他又帶我去見嘉洋上師，他果然熟知塔爾寺的大僧，我因初學佛法尚未曾正式皈依過，郭師兄遂請嘉洋上師幫我行皈依禮，我覺得具德的修行者都很慈悲，於是嘉洋上師坐在上座誦經傳法，侍者在兩側，因是藏語，我雖聽不懂仍然恭敬的聆聽，之後郭師兄示意我向嘉洋上師磕三個大長頭才算完成，我笨拙的行五體投地的大禮拜後，嘉洋上師送給我一本中文簡體書「皈依修心要」，難得的機緣，我徵得上師的同意，拍照留念。照片至今仍擺在我書案上，嘉洋上師長得方面大耳，兩眼炯炯有神，是個慈祥而有威儀的上師，我想他送給我「皈依修心要」一書，必然有其背後的深意吧！

郭師兄陪我一一重訪塔爾寺各殿，我又看了醫明學院，殿內主供八尊藥師佛鎏金銅像；文殊菩薩殿正在整修，殿前大院是顯宗學院辯經及寺院舉行重大佛事活動的場所。還有卻西院、藏經樓、印經院以及台灣信徒捐資修建的塔爾寺敬老院等。中午從如來八塔左前方的山門出去，是另一條商店街，路兩旁翠綠的楊柳在微風中款款地擺動，我請郭師兄吃飯，之後又去買了塔爾寺的相關書籍，以及一本簡體字的菩提道次第廣論（此書後來在某種機緣下，我將之送給了蒙古國詩人朋友森・哈達）。閒聊中知道郭師兄在西寧煉鋼廠工作，我想他工作之餘最大的嗜好是看書吧，目前跟兒子住一起，他說太太一直認為他應該把心思用在賺錢上，而不是一天到晚啃書本，最後還是離開他嫁給生意人去了。他提到格嘉活佛曾開示他：「不要想發財，真正有地獄。」我想或許活佛是勸他放下婚姻所帶來的痛苦，做他自己吧！

塔爾寺的第二天，莫名其妙的認識了郭師兄，遂展開了一連串未曾預想過的緣會。（回台之後，郭師兄每隔一段時間便會寄來書籍包裹給我，內容有佛書、詩詞文學、畫冊等，如此持續了好幾年，事實上我忙也不見得有空看，心裡頗覺歉意，遂婉轉地請他不用再寄書了，但郭師兄還是熱心不減的一包裹一包裹的寄來，真不知道這到底是怎樣的緣分，他還幫我請嘉洋上師為我取名，他在信上這樣寫著：「11月5日到塔爾寺，朝覲了大修持者格嘉活佛，後到嘉洋上師處，上師正休息，我輕輕敲門，上師未醒，我準備喚侍者師請上師，上師忽醒，叫我進見，我說明來意送上您與上師的合影照片，把您信中的問候語及感謝話，用上師能聽懂的漢語，委婉詳細轉達。上師稍沉思入定，說叫『香趣卓瑪』，上師準確讀音叫『香趣卓瑪』（漢文讀音是我寫），我說：『上師何意？』，上師說：『香曲，是成佛意』，『卓瑪』我知，未問。卓瑪意是仙女、度母、觀音化身之意。」此外郭師兄在後來的書信中也提到若能把宗喀巴大師的《菩提道次第廣論》細心讀三遍，就非常不容易了，聽日常法師講《廣論》錄音帶加持力很大，亦能幫助理解，真正要理解，必須受大喇嘛灌頂傳法，那才能讓人豁然開朗，讓人對諸佛所說深信不疑啊！

與藏飾緣一家人是緣

郭師兄回去之後，我又在塔爾寺裡逛了一會兒，明天就要離開了，來到如此殊勝的地方，心裡無由地興起買串佛珠且最好能得到活佛加持的念頭，但眼看已近黃昏這願望似乎沒什麼機會可實現了。我信步走到昨日下車的民俗藝品街閒逛，東看看西瞧瞧，引起我興趣的商店並不多，最後隨意的走進一家名為「藏飾緣」的商店，裡面琳瑯滿目，有色彩鮮豔的各式披肩、圍巾、衣帽、哈達等，牆上掛滿了唐卡，玻璃櫥櫃裡有各式佛珠、純銀首飾等等，老闆見我正在看玻璃櫃裡的佛珠，便熱心的為我解說，最後我買了幾串印度菩提子製的佛珠，隨口說這佛珠要是有活佛加持就更好了，沒想到老闆一聽竟說他家上方就住著活佛，可以試試去請他祈福加持，他抬頭看了一眼天色說要快，若活佛休息就不行了。於是我買了哈達趕忙隨老闆進寺去，原來老闆住在塔爾寺內的周邊，此時已傍晚，廣場上還有信徒正在繞寺磕長頭，我問老闆繞塔爾寺一圈有多長，他說大約有八公里吧！我看著那從日出磕到日落的虔誠信徒，心裡很是感動。到了活佛家，正巧活佛外出散步，不一會兒他回來了，這位活佛很年輕約二十幾歲，相貌莊嚴；老闆告知我的來意，他便上座，我把佛珠放在桌上，獻上哈達，接著活佛便開始誦經祈福的儀式。據稱塔爾寺裡從各地來修學的活佛就有二百多人，第一天胡林帶我拜見的活佛即來自於蒙古。走出活佛家，老闆很熱誠的邀我去他店裡吃晚餐，我想一個人旅行的好處即是很容易跟當地人做朋友，尤其在這民風純樸的佛教聖地，他們的真誠總讓人有賓至如歸之感。晚餐是牛肉片湯麵，還加了青菜和蔥花，口味很好有家的味道。閒聊中知道老闆姓王是漢人，娶了藏族的姑娘，兩個可愛的小女孩，約五歲跟七歲，小名叫「哈突」及「古拜」，哈突是美麗小姑娘的意思，古拜是阿拉伯語，夫妻倆看店之外，另外還有位家族妯娌幫忙。事實上除了商店營業，大部分時間老闆在果洛賣冬蟲夏草，他說果洛西邊的玉樹是攝影家的天堂，它的美麗讓許多攝影家專程前往取景呢！（不料我回台不久玉樹就發生了大地震）；老闆娘也說靠近西藏的可可西里更美，是一塊原始自然生態區，有許多珍貴的動物，尤其是藏羚羊，下回我來或許可以帶我一起去那裡玩，他們的熱情溫暖了我的心。

與哈突及古拜在藏飾緣店裡合影

飯後我瀏覽著牆上的唐卡，被一幅四手觀音畫像所吸引，觀音胸前雙手捧著法螺，左右兩手各持著佛珠及蓮花，周圍還有諸佛圍繞，整幅畫色調諧和古樸。老闆說此幅是畫在皮上的唐卡，應是一般牧人家裡祭拜的畫像，宋末明初時畫在皮上的唐卡幾乎很少了，所以推斷有可能是時代久遠的民間供畫。我看著皮畫上因經歷長久歲月輾轉所造成的摺痕，雖然細看整幅畫的處理尚稱不上精緻，但不知為何卻深深吸引著我，而且是少見珍貴的皮畫唐卡呢！我很是心動，幾經考慮之後還是咬牙買下了，它成了我旅行中帶回去最喜愛的一件作品。告別時我徵求主人同意，希望能跟兩個可愛的小女孩合影，老闆娘卻說妳明天來，我幫妳們打扮一下再拍照。

離開了商店街，踏著夜色，走過塔爾寺前的廣場，登階回到宗喀賓館，想著這一整天的際遇，真是美妙極了。

隔天一早，我依約先去店裡，老闆娘請我吃自家製的酸奶，吃起來感覺比外面賣的更為清香爽口。酸奶是牛奶製成的，為藏族老少皆喜歡的健康佳品，可以解暑生津，不少老人在夏季常以酸奶為主食，他們認為酸奶能延年益壽。老闆娘先幫兩個女兒穿上紫紅、藍橘色繫腰帶的藏族衣服，戴上編髮珠串頭飾之後，接著也幫我穿上藍色繫腰長裙，戴上彩色珠串頭飾，就在店裡拍照起來，拍了一會兒，她又幫我換了一件領子、袖口滾雪毛的紅長袍，與兩個小女孩的服飾搭配起來更加美麗耀眼，我們開心的又拍了好些相片。

拍完照後我又信步往塔爾寺行去，漫步在金塔路上，熟悉的兩旁殿寺，走過南端的密宗學院，我突然發現後方還有一座卓瑪拉康（度母殿），是塔爾寺較新的殿宇，始建於2002年，主殿為磚木結構的藏式三層建築，殿內蓮花座上主供高達八米木質鎏金至尊揭地洛迦林度母像，右邊為高四米的白度母像，我虔敬的一一合十禮拜之後，一轉身驚訝的發現藏飾緣老闆娘帶著小女兒古拜，正站在大門邊抿著嘴笑著看我。原來老闆娘的哥哥是度母殿內的主事者，她帶我上二樓說可以更清楚的觀看度母像（一般遊客是禁止上樓的）。二樓的壇城供滿了燈燭鮮果，果然見到金身度母低首微笑的面容矗立在眼前，我們恭敬禮拜之後，老闆娘又帶我到殿旁哥哥的僧房。據說藏人會把家中最聰明的小男孩送到寺廟裡出家，我想老闆娘的哥哥應也是如此吧！不一會兒，只見一位英挺相貌莊嚴的喇嘛走了進來，見了我們高興的將他帶回的大餅及包子請我們吃，又燒水加入磚茶及酥油煮了酥油茶讓我們喝，吃到一半我聽到大餅和包子都是他親自揉麵粉做的，驚訝得瞪大眼睛簡直不敢相信。吃著素樸有著原味清香，且是寺中喇嘛親自揉做的食物，一邊喝著酥油茶，此時心裡無由地覺得好幸福，好幸福……

告別了度母殿主事喇嘛及老闆娘母女，沿著原路回去，我特地轉到格嘉活佛的住處，按了門鈴，是昨天的侍者出來應門，我說明昨天忘了奉上供養金，希望今天能有供養的機會，侍者微笑的回答我說：「下次吧！」不知為何當下的我也覺得一定會再回來。三天的自由行我竟然沒想要再去別的地方玩，在塔爾寺感覺彷彿自家一般的穿梭自如，也自得其樂。第一天的導遊胡林，引領我認識塔爾寺的歷史文化，第二天的郭師兄帶著我拜訪塔爾寺的高僧大德，還有藏飾緣商店的老闆及家人讓我體會這裡的民風人情。我感受到這裡的靈氣與能量，有如回到了心靈的家園，當我揮手離去時，我甚至覺得寺中的諸佛菩薩們正慈悲的目送我遠行——

（台灣時報副刊2016.07.25~2016.08.22）

重回特勒吉

早上從烏蘭巴托出發前往特勒吉國家風景區，發現換了車子及司機了，哈達說去草原的車子不能開特勒吉，米亞也不敢開這條路，而這次除了司機外，車上又多了兩個人，年紀較大的男子顯得安靜，另一個是此行帶路的女孩叫尼瑪，藏語是太陽的意思，而跟著來的哈達學生娜拉，蒙語也是太陽之意，所以我們車上就有兩個太陽了，雖然窗外天氣陰雨，卻頓時覺得滿車子充滿了燦爛的陽光。

車子駛過圍繞烏蘭巴托的土拉河之後，十一點多看到路對面騎馬的成吉思汗雕像，聳立在兩層樓的圓形建築物上，英姿煥發極為雄偉，整個廣場非常的空闊，原本是打算回途再順路去的，但大家都贊成把握眼前，於是下車拍照順便逛逛之後，便直奔特勒吉了。沿途的景觀又與前幾日去的哈爾和林草原不同，多了起伏的山巒及樹林，許是之前下過雨，滿眼盡是一片欲滴的蒼翠，哈達指著草原上潺潺的河流說是特勒吉河。車子努力地沿著崎嶇的山路爬行，偶爾會來個大迴轉，簡直像坐雲霄飛車；有時山路太陡峭，車子爬不上去，只好又退回，以蟹行的方式蜿蜒上升，每每攻上一個頂，大夥兒便忍不住興奮的拍手。特勒吉的草原鋪綴著各色各樣的野花，蒼鬱的樹林以及遠處的馬鬃山（就是沿著山脊的稜線長著一排的樹，遠看好像馬背上的鬃毛），天空則雲靄蒸騰，觸目所及盡是一幅幅美麗的風景畫！但我心裡卻納悶著，1998年來時，沿途皆可看到奇特的龜背岩地貌怎都不見了，且印象中路況也沒這麼原始而難行；凃大姐同樣的也提出了她的疑問，哈達解釋說：「蒙古今年雨水特多，之前的路已被洪流沖毀，所以只好繞道而行。我看了一下錶已近兩點半了，我們正趕路前往今晚住宿的地方。

沿途不斷的看到特勒吉河忽左忽右的閃現，車子甚至還直接從河面駛過，娜拉翻譯尼瑪的話：「就快到了！」雖然一路上都這麼說，但多少還是讓人精神一振，就在車子行過一處水灘時，車輪卻陷入泥沼裡，司機好幾次試著發動引擎都無法拔出輪子，車上的工作人員忙著在野外找木頭、石頭來墊輪子，我們一者想減輕車子的重量，另者聽說目的地就在前面不遠處，於是紛紛捲起褲管，脫下鞋襪，乾脆步行前往，但是當我赤足涉水時，發現及踝的水溫大概只有五、六度左右，簡直凍到不行，連忙回頭叫凃大姐不要下車，這樣的水溫，她及其他較年長者一定受不了的。

我咬緊牙關終於跳過了水灘，提著鞋子走了一段路，娜拉指著前方杉樹林邊數頂雪白的蒙古包說：「公主廟就在那裡了！」我心想眼睛看得到的地方，應該不會多遠了吧！遂開心沿著細石小路前行。路兩旁鋪展至天際是綴滿各色繁花的野地，煙嵐升騰渲染著遠方的馬鬃山，赤足走在這麼一條優美絕塵的小路上，方才的受凍早忘得一乾二淨，我滿心感恩，因為有這樣的波折才得以幸運地漫步在如斯一條美麗的路上。只是走了老半天路仍像草原一樣悠長，甚至連之前所看到的蒙古包都不見了，當然這是因

為地勢而影響視線的關係，將近四點時終於來到了公主的營地（Princess tourist camp），當地人稱為公主廟。我因身體突感不適便先在蒙古包裡休息了，聽說涂大姐及幾個較年長的詩友是被背過水灘，然後坐勒勒車（就是牛車啦）來到營地的。

下午七點多走出帳蓬，氣溫有點冷，隨身的行李都還在車上，營地的女主人正在幫每座蒙古包生火，這時只見天空掛著一彎燦亮的彩虹，大半個圓橫跨草原兩端，真是壯麗極了！我趕忙拿出相機，回頭看到小顏早已赤著腳爬到坡頂龜背岩上面去拍照了。主人有兩個年約三歲及六歲的小女兒，會說一點點中文喔！她們很開心的讓我拍照，之後我又忙著拍美麗的野花去了。這時哈達說要去幫我們把行李帶回來，於是坐上勒勒車緩緩地駛向蜿蜒的小路，我心想以這種速度，起碼也要花個一、兩個鐘頭。果然他回來時，天已經快黑了，蒙古國大約晚上十點左右天才會暗下來；大家趕忙去拿自己的行李穿衣禦寒，聽哈達說車子在幾個人下水合力推動下，終於也開回來了，嗯！真是好消息。

因為這樣的意外事件，原本晚上安排讓我們驚喜的營火晚會也因而取消了。晚餐於子時才開始，有豐盛的蒙古烤羊肉、馬鈴薯和沙拉，當然紅酒是免不了的，哈達說紅酒可以幫助肉類消化。由於一整天折騰下來，大家都累了，所以晚上的詩歌朗誦也取消，大家安靜的吃罷便各自回去歇息了。我走出餐廳，發現外面蒙古包之間突然出現了好幾匹高大的馬，正安靜地穿梭吃著草，我有些不解，馬兒不休息嗎？後來才知道，原來怕夜裡會有野狼從對面的樹林出沒，所以主人放牠們出來，只要一有動靜馬會先有反應，牠們整夜裡守護著我們安眠呀！

第二天一早起來，我沿著營地旁的草坡往上走，想要走到龜背岩那兒；只見遍地不知名的野花如鋪在大地上的花氈，芬芳地噙著晶瑩朝露一路迎我，往前望，坡頂的左邊是柏樹林及奇古的龜背岩，右邊是優美起伏的山坡和橫在遠處的馬鬃山，前方綿延的花海盡頭立著因距離而顯得格外渺小的兩棵樹，之上就是藍亮的天空了，我彷彿闖入了仙境，心想天堂大概也就是這樣子了！

我站在坡頂上倚著龜背岩遠眺，後方也是一望無際的草原和樹林，可清楚看到特勒吉河蜿蜒其上；回望來處，山坡之下十數頂雪白的蒙古包寧靜地歇在青翠草地上，最大的那頂是餐廳，上面還裊著白色的炊煙，穿著藍色蒙古長袍及馬靴的娜拉正忙碌著，

遠處的樹林及天空輕抹著濛白的霧靄……這個清晨，我站在特勒吉的一個山坡上，恍然如夢，如立於世界最幸福的頂峰。

早餐時發現每個人的桌上都鋪著以藍、綠色為主，繡著花草圖案的棉質桌墊，不管觸覺或視覺都非常的優雅清新，連一旁餐巾紙也像一方小花園似的開滿了紫、藍色系的大小花朵，這麼美！誰捨得用呀！我忍不住問娜拉哪裡可買到這麼漂亮的布墊及餐巾紙，娜拉說回烏蘭巴托時，也許商場可以買得到，我一聽大喜，我知道蒙古國除了本地的畜牧業產品之外，幾乎全靠進口，哈達說一美元可以買到兩顆雞蛋，十四年前我來的時候，算過一

瓶雪碧汽水約合台幣100元；光看烏蘭巴托的街道就知道了，充滿了各國不同的車種，駕駛座有的在左邊，有的在右邊，天呀！我簡直無法想像在烏蘭巴托開車的情景。在這草原遙遠而深僻的一隅，我卻享用了充滿咖啡與麵包香，十分歐式典雅的一頓早餐，我把漂亮的餐巾紙挾入筆記本裡，我發現好幾個詩友跟我一樣，悄悄地把這份美麗帶走。

今天我們要趕回烏蘭巴托，下午安排參觀國家圖書館，館長將贈匾感謝秋水詩刊過去對促進中蒙詩歌文化交流的貢獻，晚上觀賞蒙古的民族歌舞表演。八點半左右，大家上車坐定了之後，營地的工作人員排列在車窗外送行，哈達向他們致謝，告別之後，車子開始發動引擎，但試了幾次都沒成功，大家開始有點擔心，還好最後引擎終於醒來了，大夥才又恢復了歡笑聲。車子沿著原路前行，我一路依依地再次把這美麗的景致記取，司機小心的避開了昨日陷入的水灘，繞道而行，走了一段路後看到前方橫著一條河，帶路的尼瑪估計有點危險為避免昨天的事再度發生，於是車子繞到腹地較大的地方，加足馬力想要衝過河，沒想到就在河中央車子熄火了，副駕駛涉水到車子前方，水深及腰，他打開車蓋以手動方式配合司機發動引擎，但試了幾次都不行，這時帶路的尼瑪脫下身上外衣丟到對岸去，再涉水上岸，三個人最後決定去尋找救援，他們消失在草原盡處之後；此時車子裡有人提議把昨晚取消的詩歌朗誦會改在現在舉行，於是胡爾泰首先分享了他的新作〈高原之花〉，這趟旅行他詩思泉湧，一路上不斷的有作品誕生，大姐說他已四首詩入袋收穫最大；我則拿出筆記本朗誦剛寫就的初稿〈在鄂爾渾河畔〉，於是大家紛紛拿出為這趟詩之旅而出版的中蒙詩選，朗誦自己的詩篇，暫時忘掉受困河心一事。我偶爾會眺望窗外，離岸不遠的水中有一叢間雜著豔紅花朵的枯樹，注意那枯枝上的水痕有無繼續上升，幸好水位沒變，我知道基本上我們沒有生命的危險，但昨天領受到水溫的經驗，這及腰的水也是會讓人生病的，我看到俞梅在偷偷拭淚，剛過完八十三歲生日的江楓老師，則坐在窗邊氣定神閒的翻看風信子送給他的《老子道德經》，一副老神在在的樣子，果然是見過大風大浪的人。我心裡默禱著祈請諸佛菩薩保佑。

十點半左右求援的人終於回來了，後頭跟著兩個騎馬的牧人，因這裡收不到訊號，所以其中一人騎馬涉過河去找可以收到訊號的地點，另一個人看了一下情況便騎馬走了。此時司機及尼瑪拖回了三根長木頭，我疑惑著這草原哪來的長木頭？他們努力的把木頭架在駕駛座旁的門和河岸上，因木頭長短不一所以不太穩固，於是正副駕駛又去找木頭了，留下尼瑪按住木頭以免被水流走，這時車上的同伴紛紛解下圍巾及背帶，想辦法丟給尼瑪讓她綁住，我看著尼瑪俐落的捆綁木頭，不得不讚嘆蒙古女人的能幹。在蒙古因為女性多於男性，所以男生受到很好的照顧，甚至女人養男人也是件自然的事，在大學教書的哈達就說他從來沒有

自己洗過腳、剪過指甲，有時他躺在地毯上看書稍微打個盹，馬上會有個枕頭來讓他的頭更舒服些，他說蒙古的女人是為男人而活的，所以蒙古男人從不輕易說出「我愛妳」這三個字，因為對方會真的相信你，而且死心塌地的跟著你，一番話聽得車上的男生羨慕不已，真想留下來，倒是女生一致發誓決不當蒙古女人。

過了一個多鐘頭，司機們又拖回了兩根長木頭，跟之前的綁在一起，木橋終於架好了，兩司機在前後扶著，尼瑪半身浸在冰水裡在中間護著，詩友們一一踏過木橋終於來到了岸上。此時已近十二點，哈達在河邊尋得一塊空淨的地，鋪上秋水的白色方布，大家席地而坐用餐，午餐是蒙古肉餅、蔬菜沙拉及昨晚的烤羊肉。飯後大夥仍圍坐聊天等候救援，我仍忙著捕捉野地上花兒美麗的倩影，一抬頭看到邱志郁早拿著相機走入草原深處，而更遠處是連綿起伏青翠的馬鬃山，蔚藍天空裡雲朵堆湧翻滾；回頭只見小顏在向娜拉請教蒙古語，旅美詩人遠方則安靜的坐在河邊花叢搖曳間，低頭書寫正在尋找靈感；至於八十三歲的江老，竟然大喇喇地和衣躺在草地上，天寬地闊裡他像個孩子般安然的睡著啦！大姊怕他著涼，拿起小顏的外套去幫他蓋上。過了一會兒，騎馬的牧人回來了，帶來新的訊息說已聯絡上救援，然後又騎馬走了。一大片的烏雲自河對面飄過來，天色逐漸轉暗，大家忙著把防水大方布一半翻摺過來，行李集中在方布裡面，周圍用石頭壓著，果然不一會兒雨就嘩啦嘩啦的落下來了，幸好草原的雨來得快去得也快，一下子又雨過天青。

漫漫的午後，大家或聊天或漫遊安靜地等待著，沒有人說一句埋怨的話，倒是涂大姐因未料到會碰到這種狀況，很覺得對不起詩友，加上身體的不適，整個心理壓力很大，我們一直安慰她沒事的。下午三點多，牧人又騎馬回來通知救援的車輛已在路上，此時天空又開始暗了起來，飄來的烏雲預告著又將有一場大雨降臨，我們重又把防水方布翻摺壓上，林子大姐及幾個詩友乾脆走回木橋到車上躲雨，大部分的人仍留在原地。這場雨果然來得快又急，且較之前的那場雨大許多，又夾雜著轟隆的響雷，大家忍不住蹲下來撐著傘頂著，好不容易來鬧場的雷雨終於走了，但身上的裙、褲還是免不了被打濕，開始感覺有些涼意，這時牧人說要幫我們生火，我瞪大眼睛心裡畫上了好幾個問號，在這荒郊野地，剛剛的一陣雨把大地上的一切都打濕了，如何生得起火？只見牧人找來了一些濕的木頭，然後又拿來了一把斧頭，大概在草原上討生活這是隨身需要的基本配備吧！只見他用斧頭把木材劈開，原來木頭外表雖濕了，裡頭卻是乾燥的，牧人把乾燥

的木心又劈成小木塊，這時司機拿來了一塊沾汽油的抹布，用打火機點燃再架上小木片，火真的就這樣生起來了！眾人一陣歡呼全圍上來烤火。娜拉拿出她的藍色蒙古長袍給大姐穿上，果然暖和許多，看到大夥兒被火烘紅的臉龐，大姐懸著的一顆心才稍微放下來。

將近四點半時有一列馬隊過來，初時還誤以為是救援隊呢！因為這是一整天裡唯一看到的外人，小顏望著由八人組成的馬隊逐漸遠去的身影忍不住說：「下回我也要騎馬旅行！」這種高原地區大概只有馬可以上山涉水通行無阻吧！詩友們烤火烤出趣味來了，大夥把襪子披掛在火堆旁邊的枯木上，之後一雙雙濕鞋子也都圍攏過來了。瞧！赤著腳的風信子把藍色手帕繫在頭上，伸長手拿著樹枝，蹲在火堆旁烤他的襪子，那專注的神情還真讓人差點以為他在烤魚呢！而一旁的小顏則和江老正在交換相機心得，好一對忘年之交呀！

五點左右，救援的車子終於到了，哇！竟然是一輛蘇聯軍車，就像電影上看到的運兵卡車，橄欖綠車頭，後面拉著覆蓋米色頂篷的方形車身，最讓我們安心的是它有四個大車輪。卡車先用一條鋼繩繫住陷在水中的客車，將它拉上岸，並試了幾次邊拉著它邊讓它發動引擎，可惜都沒成功只好放棄了。我們紛紛上了車，簡陋的車廂裡只有左右兩排鐵製長椅，大家挨著並列而坐，哈達吩咐我們手要抓好，因為路上會很顛簸。臨行前客車的司機非常誠懇地向我們致歉，其實看到他們那麼辛苦的在解決困難，大夥早就不忍心怪他們了，畢竟這裡是地大人稀的外蒙，不像台灣有完備而迅速的救援系統。

軍車果然不是蓋的，它載著我們跋山涉水一路奔馳，而我們也體驗出身體被高高的拋起又落下的滋味，哈達說要把身體放柔軟，隨著車子的晃動而擺動，我想他的意思是要像一株水草，隨著水的流動而擺動吧！果然這一招還挺受用的。由於車內沒有窗，只能看到車後篷口的一方天空，突然有人驚喜的大叫：「彩虹！而且是美麗的雙彩虹！」在劇烈的晃動中我伸長脖子探看，果然被我捕捉到瞬間畫面：綿延無際的草原路上，夢般橫跨著上下兩彎燦麗的彩虹，像是含笑在為我們送行，天地間充滿著美好的祝福——

軍用卡車載著我們到一處綠樹林立的河邊停下，我們下車步行過一座鐵橋，對面早已有三輛休旅車在等候我們了。坐上車我發現沿途的景象越來越熟悉，呀！這不是我十四年前來時，所看到的龜背岩嗎？特勒吉風景區特有的龜背岩奇景仍在，驚喜之餘，我內心突然升起了一縷淡淡的哀傷，我想到我們可愛的蒙古朋友策仁道爾基卻不在了！我悲欣交集的看著這一切，繞了一大圈終究有緣又回到這一直渴望再訪的舊時地，我不得不認為老天爺插手改編了既定的情節，必然有其背後的深意吧！

如果按照原計畫，順利的來到特勒吉風景區，我們面對十四年後圍上了護欄的龜背岩，以及逐漸商業化的景點，可能會有些失望吧！就因為道路被水沖毀，我們不得不繞路而行，卻因此得以深入即使蒙古人亦少到達有如天堂般的祕境。而第一次車子陷入泥沼，我們才有機會脫下鞋襪，如朝聖者般赤足深細感受通往公主的營地那一路上的優美景致；第二天車子再次受困水中，看似難民般的漫長一天，我們得以悠閒地漫遊於美麗的草原之上，我更見到詩友們毫無怨言，彼此友愛，抱持著樂觀的心念，隨遇而安，優遊自在，那樣的氣度真是令人感動！

回到台灣，我對愷文說：「奇怪！明明是歷險，卻是最令人難忘且回味無窮的一日。」是呀！沒有這樣的遭遇，這輩子哪能有機會坐上蘇聯運兵車；一切的逆境，都是將我們推上生命更豐實體驗的助力，我感激這一切。雖然又再次錯過了蒙古的民族歌舞表演，十四年前我因事慢了三天沒能趕上欣賞，而觀賞過的風信子一直對他們的馬頭琴演奏及八部合音極為讚歎，我想這不也意味著：有一天，我還會再回來——

（2012/10 秋水詩刊155期）

閱讀手記

山嵐書寫著午后雨意
寂靜是風輕巧的跫音
翻過書頁　拂過搖椅
喚醒眠在歲月角落裡的
那隻貓　怔怔地
嗅著時間留下的氣味
而迴盪的都是藍調的音階

一切的表象背後，到底有幾分真實呢？人們總是迷惑於表象且深信不疑。

表象是一種實象的呈現，但並非完全的真實。誠如學畫之後，才恍然——原來我們所看到的是何其的淺薄，許多的顏色，在我們自以為是的眼睛裡，根本是看不見的。

我們常將一切事物概念化，理所當然化，於是不知不覺中便被侷限在一個框框的世界裡，並用這個框框去審視週遭的事物。

因此，白與黑、真與假、虛與實交揉成的表象，就像一角冰山，我們看不清水面下的真面目。

既如此，變動是必然的，是唯一的不變，在未測的變化中，偏離軌道不也是常情？

人總自以為能掌控一切，卻渾然不覺實乃被人性不斷地考驗著，那假象中的真相，那實背後的虛，或虛背後的實，而迷失在黑白交雜的灰色地帶。

走得出來，才看得明白。

（2002.03.12）

我看金絲鳥

《金絲鳥》是川端康成的掌上小說之一。三島由紀夫在「川端康成論之一方法」中說：「掌上小說……它在川端文學之中，是極其出色的，不斷放射燦爛光輝的一群特異作品。」河上徹太郎於「川端文學的故鄉」也有言：「作者本人對它具有如此深厚的偏愛，足以表示它包含著川端文學的精髓，換句話說，它是川端康成文學的故鄉。」

而我看川端康成的掌上小說，驚訝於小說可以寫得如此純鍊精緻，富有詩味，無怪乎川端康成研究叢書，以「詩魂之源流」為其掌上小說的標題。今就其中一篇「金絲鳥」試解讀之。

金絲鳥之象徵

「金絲鳥」一文是敘述一位畫家寫給以前情人的一封信，因為妻子的去世，他決定將情人所贈，卻一直為妻子照顧的一對金絲鳥，陪妻子殉葬。情節很簡單，且篇幅短得幾乎就像是一封信，然字句之間頗為耐人尋味，簡練的敘述中卻覺波瀾起伏，於人性的刻畫，於情感之覺悟，極盡細膩深刻。

題目既為金絲鳥，顯然牠是作者表現的主題。由於年少時也曾養過金絲鳥，對這種鳥有一些基本的了解。金絲鳥身型靈巧輕逸，歌喉婉妙，可達九囀之境，令人欣喜驚嘆，但此種鳥非常嬌貴脆弱，呵護不周，便至夭折，比之於愛情似乎亦如是。

信一開頭便交代金絲鳥的由來，牠是夫人（畫家的情婦）所贈。「記得夫人妳是這樣說過的——你有妻子，而我又有丈夫，所以還是分手好，至少，如果你是沒有妻子的話——這對金絲鳥是我送你留著當紀念的。你看看，這金絲鳥是一對夫妻呢！不過，這是從不知道什麼地方的鳥店裡，信守抓來一隻雄的一隻雌的，放在鳥籠裡去罷了！這種事金絲鳥是無能為力的。總之，你可以從這對鳥而想起我。」由夫人這段話，我們知道金絲鳥是夫人分手時送給畫家的紀念物，牠象徵著夫人不自由的愛情，而兩隻金絲鳥毫無選擇餘地的被放在一起當夫妻，亦意味著夫人對自身婚姻生活的荒謬無奈，她冀望畫家了解她的苦境，不要忘了她，能時時睹物思人。

而畫家的金絲鳥，一直由妻子在照顧，他所能做的也只是看看牠們而已，有時候也想想夫人。直到照顧金絲鳥的妻子死了，自稱懶怠的窮畫家，發現竟無法自個兒飼養這對嬌弱的小鳥，因此妻子一死，金絲鳥也要死了，令他恍然醒悟——讓他一直懷著對夫人的回憶，是由於妻子的存在。妻子是寬廣厚實的土地，讓他無後顧之憂，可以仰望群星，享受他貴族式的愛情，如今安穩的土地失落了，他頓時一腳踩空，發現自身的虛浮卑弱，星空於他竟變得如此的不切實際，難以顧及。此時金絲鳥一到畫家家裡，已從夫人不自由的愛情，轉化為妻子對畫家寬厚平實的愛情。

妻子去世之後，愛情也隨之消失了，畫家才發現自己是如此的輕慢怠忽，他之所以能夠偷嚐到一點浪漫愛情的甜汁，完全是站在妻子的愛情之上獲得，如今立足點沒了，他一無是處，甚而開始懷念起那一片曾經供養他的土地。妻子之死喚起了他對她的情感，因而開始認真地剖析起自己。

「我曾想過把金絲鳥放掉讓其飛返天空裡去。可是自從妻子死了之後，這對小鳥的翅膀好像都突然軟弱了。而且這對金絲鳥也不知什麼是天空。」在這裡金絲鳥正象徵著畫家的愛情，他曾想過放飛愛情自由飛翔，卻發現妻子死後，自己也失去了飛翔的能力，何況他並不真正清楚自己愛情的歸宿。如果與夫人重修舊好，免不了要面對來自周遭環境的敵意，何況若真放任彼此對愛情的尋求，不論是外界的敵意或真正朝夕共處，最終都可能走上絕路，徒然換得愛情的幻滅。因為隨著時空的轉移，熾熱的愛情可能歸於平淡，以他對自我的了解及對夫人性情的了解，生活在一起，日久之後，他們可能成了最初的這對籠中鳥，從不知名的鳥店，隨手捉來一雄一雌放在一個籠子裡般的無奈悲哀。

因此畫家不願將金絲鳥賣到鳥店，回到原點。他仍緬懷著與夫人之間的一段情；而他又不願送還給夫人，因為金絲鳥之所以能存活至今，完全是妻子的付出照顧，牠更應該是屬於妻子的。況且事過境遷，他不能確切肯定自己在夫人心中的份量，或許只是夫人生命中的一段插曲，早已是過眼雲煙也說不定。

是以畫家一再強調「因為有妻子存在，所以金絲鳥才得以生存到今日，而且是作為對夫人妳的回憶。」妻子讓他坐享愛情且無生活之憂，甚而可以悠然憶起另一份愛情。「坐這山望另一山高」的好奇、嚮往，應也是人性之一吧！畫家最後分析自己之所以會愛上夫人那樣的女人，是妻子承擔了一切，讓他不須掛慮現實的艱苦，無憂的生活讓他得以優遊於精神的浪漫追求中。否則，試想一位窮畫家，鎮日為生活奔忙，尊貴的夫人之愛，對他來說是不屬於他的世界的，他也無法置身於那種階層中，故這一切都是拜妻子之所賜，在這樣的自我省思中，毋寧說滋養他對另一份愛情想望的，實是向來為自己所忽視的妻子之愛。逐漸釐清了自己的情感之後，緣於對妻子深切的感念，他決定將這份後覺的愛情隨同妻子埋葬。

「夫人，我是可以把這金絲鳥殺死，埋葬在妻子的墳墓裡的吧？」

畫家最後以這樣的問句作結，除了禮貌的徵詢外，也明確的表達了自己面對夫人、妻子之間的心情，更暗中呼應了前面夫人所言：「金絲鳥總有一天也會死掉，我們之間對彼此的回憶，如果非死的時間到了，那就讓它死了吧。」

金絲鳥從夫人受困而期望的眼中，飛到了沉靜樸實的妻子手裡，最後停在畫家薄弱無力的肩上，與畫家默然相視，牠是他們三人愛情的象徵。

人物性格

整篇小說只提到了畫家、夫人、妻子三人，作者未曾對他們的形貌性情有所描述，然而於簡練的文字敘述之中，人物卻栩栩如生的出現在眼前，我看到那美麗尊貴的夫人，正深情的說：「你可以從這對鳥而想起我，拿活生生的東西當紀念品送人也許可笑，可是我們的回憶也是活著的。」卻也能理性的主動提出分手，並道出金絲鳥有一天也會死的，如果對彼此的回憶，非死不可的時間到了，那就讓它死了吧！表現出她對情感已然有一番了悟的獨立成熟，甚至從畫家所說：「何況，妳如今也許已忘掉了這金絲鳥。」或可想像夫人性情的活躍，生活的多彩多姿。從這些片段的組合，浪漫任性又獨立活躍的夫人形貌便躍然紙上了。

相對於夫人，那幫丈夫養鳥，且讓丈夫完全忘掉生活艱苦的畫家之妻，在文中自始至終未曾開口發言，卻在我們心底浮現出一個沉默、堅韌、樸實，善於照顧他人的傳統女性形象，她是那般的寬容良善，默默付出，為成就丈夫而犧牲奉獻自己的女子。

至於唯一的男主角——畫家，其能獲得夫人的青睞，想來長相、談吐不差，應是個被女人寵愛，甚至慣壞的男子，以致情場上很少有必須積極努力付出的機會，大半時候是處於懸空被動的狀況，並未真正用心，故連夫人送他做為愛情紀念的金絲鳥，他也只是轉交給妻子，偶爾看看，想想夫人而已，並未怎麼在意；另外他自稱是個怠懶的窮畫家，甚至無法獨立飼養嬌弱的金絲鳥，皆可看出其性格的輕忽被動。直到背後妻子撐持的力量消失了，他一腳跌落面對現實時，才開始認真地體會到妻子的好，以及自己內在的情感。他像面空虛的鏡子般，映照出夫人、妻子兩種截然不同性格的女子，也在低首反省裡照見了自己。

相對的美感

凡人對於陌生事物，常為其蒙上了一層美麗的想像面紗，夫人之於畫家當如是。

畫家之妻在世時，默默付出其愛，有如一朵素馨，兀自奉獻其幽雅的芬芳，但對於長久置身其中的畫家，已久而不聞其香了。相對於妻子，活躍於另一世界形象鮮明的夫人，則似一朵艷麗的玫瑰，令畫家不覺眼睛一亮，油然生出思慕嚮往之情。

及至素馨萎落，怡人的幽香不再，而玫瑰終非生活的原本基調，驀然回首，已然生死相隔，如此無以挽回的距離，使畫家得以旁觀的立場來細察素馨之美好，那芬芳曾如空氣般自然地瀰漫於生活之中，如今頓然失落，便生出無限的悵然悔憾。是以貼近生活的素馨，相較於艷麗的玫瑰，反因失去而更引人深切的懷想。

可見距離能營造出一種想像的朦朧美感，亦可使人跳脫出來「旁觀者清」。對於大自然山川草木，距離如薄霧掩去了隱藏在自然界裡生物為求生存的食物鏈相殘事實，而讓我們沉浸於一片閒適恬靜的遐思裡；對於人世間的情迷愛鎖，距離如明鏡，使我們有機會擺脫自陷困境，以另一種心情去面對，因而有了更清晰的視野。

是以適當的距離，可以蘊生更深澈的美。

記得好幾年前有一部大受歡迎的電影——麥迪遜橋，其乃根據真實故事改編成小說，再搬上銀幕。女主角芬西絲卡最後選擇了回歸平淡生活的家庭，求安心盡義務，表面上似乎放棄了熱戀的若柏，放棄了自我對愛情的追求，然而那刻骨銘心的離別，彷如一首絕美的樂曲戛然而止，音符卻潛入了彼此的內心魂牽夢縈。時空的距離反而使這份美好的記憶，抽離現實的拘限，終不致變質而永保鮮明，成了往後荒寂歲月裡，可堪慰藉的心靈依託。設若彼時芬西絲卡選擇了愛情，離棄了親情，也許最後反而失掉了愛情也未可知。畢竟親情的牽扯，愛情的自然降溫，心境的不斷轉化，都是變數……恐或成了星棲雲鬢時不堪回首的憾恨了。

當然我並非否定「從此公主和王子過著幸福快樂的生活」之可能性，畢竟世間神仙美眷仍然不少，但愛情常無法恆久不變亦是事實。我想本質上「相敬如賓」的相處哲學，應是促成琴瑟和鳴的重要因素吧！「相敬如賓」可以是你泥中有我，我泥中有你的纏綿，但必須給對方一個尊重設想的空間，終究生命仍屬於孤獨的個體，故而「相敬如賓」應也是一種相對的某層面的距離美學吧！

結語

川端康成的文字素來細膩、蘊藉，宛如天籟般的淒美，以詩質濃郁的風格見稱於世。而他的新感覺派手法，沿襲自對新感覺派發生巨大影響的波爾・摩蘭，亦即以感覺的邏輯取代理性的邏輯，然後又以意識的流程及自由聯想的微妙，編織場面展開故事。在他的掌篇小說裡，有如散文詩一般，每一行都具有濃厚的韻味。且在短文中因必須把人生的斷面做小說性的處理，所以有時候能自由的超越時間和空間，可以說它多少是脫離了現實，只是讀者並不易察覺罷了。

川端康成以其精緻簡鍊的文字，描繪出人物諸多心理轉折及豐富的意象，字句之間能產生頗大的張力和聯想空間，初次閱讀往往無法即時全然掌握，但每讀一次卻能有不同層面的領會，從「金絲鳥」一文可窺見一斑，這是川端文學迷人之處。

（1998.08）

舞影者
〈兼談海明威六篇短篇小說中之死亡〉

一、序曲

光與影幽纏的世界
那永不落幕的生死劇碼
舞影者站在聚光燈下
孤獨地　逐影而舞——

二、舞影者傳奇

他，是個運動員、釣魚好手，也打拳擊。他，曾是記者，主動參加戰爭，是戰士、英雄。他，熱愛狩獵，喜歡觀賞鬥牛，一生波濤洶湧，卻也轟轟烈烈，多采多姿。他，就是那二十世紀文壇最受矚目，卻最不受作家身分所侷限，極富行動力的——海明威。

一八九九年，海明威誕生於伊利諾州芝加哥郊外的橡樹園，父親是位醫生，頑固而認真，愛好釣魚狩獵；母親則是富家千金，教授喜愛的音樂。六名兄弟姊妹中海明威排行第二，是家中長子，一生受到父親極大的影響，在他不滿三歲時，父親即送他釣竿，十歲就給他獵槍，於是他被調養成一個充滿陽剛氣的健壯青年。中學時他熱愛游泳、足球、拳擊，並參加狩獵俱樂部。對他來說，原始的自然，以及跟印地安人交往，要比橡樹園的社交生活有趣多了。

高中畢業前夕，美國加入了第一次世界大戰，海明威志願入伍，但因左眼拳擊受傷致使體檢不合格，之後進入「堪薩斯星報」擔任記者。隔年應徵為紅十字會救護團會員，不幸被敵人迫擊炮所傷，全身被碎片擊中多處，此外腿也被機關槍擊中，住進米蘭醫院，期間與護士的戀愛故事，後來曾寫在〈極短篇〉及〈戰地春夢〉中。

傷癒回國後，海明威仍舊擔任記者，並致力於寫作，長篇小說〈太陽依舊上升〉讓海明威一躍成為著名作家，他在書上的扉語是：「你們都是失落的一代」；他給我們的啟示乃：「生命是一場空」。一九二九年海明威出版長篇小說〈戰地春夢〉，此書據說改了十七次之多，更奠定了他文壇的地位，成了名聞國際的作家，在這部小說裡他似乎告訴我們：「一個人總是掉到陷阱裡，不是生理上的陷阱，就是社會上的陷阱，不管那條路，反正只有壞結果，此外沒別條路可走。」他讓我們無奈的意識到人生不論是私生活，或是社會生活，都是一場徒然的爭鬥，贏家與輸家到頭來終究是「一無所有」。

一九三六年，西班牙發生內戰，海明威卻表現出他對社會的關懷及具體行動，除了以個人名義捐助政府軍四萬元及醫療協助金外，還親自推動捐款運動、辦演講，甚至深入戰火之中採訪，向祖國及全世界控訴法西斯軍的暴行，以及內戰的悲慘，反諷的是法西斯軍最後仍獲得了勝利，西班牙落入了獨裁政權中。

隔年海明威再度出版了長篇鉅著〈戰地鐘聲〉，此篇小說即是對西班牙內戰最有力的報導，描述美國志願軍人羅勃特，於內戰期間被派去炸毀一座要衝的橋，最後任務完成，主角卻不幸重傷死亡。小說寫的是激猛的戰事，予人一種悲觀絕望之感，然而海明威在這本書中致力使人了解：「從人類自由和統一的觀點來看，這種犧牲是有意義的。」

一九三九年，第二次世界大戰爆發，此後約有十年，海明威中止了創作。他改裝了自己的漁船，在古巴近海替海軍情報部偵察德國潛水艇，更以新聞特派員身分參加諾曼第登陸，加入法國游擊隊，獲領銅星勳章。這時期海明威是個不折不扣的英雄，戰士之名遠高過作家的名聲。

一九四九年，海明威在古巴再度提筆專心創作，隔年發表了長篇小說〈渡河入林〉，不料卻飽受江郎才盡的譏評，但他並不為此氣餒，一九五二年寫出了重振聲威的〈老人與海〉中篇小說，此書讓他獲得了普立茲獎，並登上一九五四年諾貝爾文學獎的寶座。書中以孤獨老漁夫的耐力與勇氣為主題，摒棄物質上各種利害的存在，展開了人類挑戰命運的成功故事，對不屈服的精神發出讚頌，具有其象徵意義，亦可視為海明威的自我寫照。

晚年的海明威是沉默的，由於在大戰中不斷的受傷，免不了影響他的健康，而一九五三年非洲旅行遭遇的兩次幾乎喪命的飛機事故，後遺症更使他久久無法恢復體力，然而到了一九五九年，海明威大體健康恢復之後，又偕夫人去西班牙看鬥牛，前往太陽谷狩獵。一九六〇年卡斯楚政權建立後，海明威搬離了自一九四一年以來在哈瓦那近郊的宅邸，而移居至愛達荷州。此時海明威體力開始急遽衰退，精神耗弱，多次接受電擊治療，一九六一年七月二日清晨，他用心愛的獵槍結束了自己多采多姿的一生。

在海明威的小說作品中，常有他的現實生活歷驗與思想的呈現，而其間每擺脫不了死亡之糾結，這或與其出生入死面對殘酷的戰爭，和激烈帶有原始血腥傾向的嗜好有關吧！光與影之相隨，正如生與死之共存，死亡化成一片黑影，蹲在作家的案頭，隨著他的筆而舞動——

三、舞式演練

（一）蜻蜓點水〈印第安人部落〉

小男孩尼克隨父親到印第安人部落裡為一名難產的婦人接生，婦人分娩已兩天了！部落裡的老婦人都來幫忙；男人則跑到路另一邊，在聽不到她喊叫的地方，坐在黑暗中抽煙；作者在此隱約伏筆了男女兩性在面對死亡時，所持不同的處理態度。最後孩子終於生出來了，然而因腳傷躺在上舖的丈夫，卻終究難以忍受妻子生產的痛苦叫喊，而選擇割喉自盡。孩子藉著剖腹誕生了，丈夫卻自刎而死，這生與死竟是如此地令人不堪呀！

在小男孩眼中生是與劇烈的痛苦並存，而死亡卻又是如此的非自然，它藉著環境事件的考驗，游移在人的情緒與動念之間，它是令人畏懼的魅影，卻也常是人為了獲得解脫最後唯一的選擇。因此人對死亡的感情是矛盾的，也在矛盾之中制服了它，或歸依了它。

原來那黑影，早就悄悄地籠罩部落，使每個人的神經繃緊，最後來個蜻蜓點水，一翻身飛遠了，卻留下整個湖面蕩漾不已的漣漪。

（二）秋葉無聲〈殺人者〉

小說裡的場景布局，完全出人意料之外的平靜。殺人者似乎勝算在握，被狙殺的目標並不認識他們，而他們早已掌握了一切，只等著獵物踏入陷阱之中。如果說作者刻意營造了一點緊張氣息，那大概是殺人者的神經質，進門的客人，以及櫃檯後面的鏡子和牆上的時鐘吧！而在沉悶的守候中，藉著對話，殺人者洩漏了他們的目的和對象，看得出不是沉著冷酷的職業殺手，最後獵物並沒有照常來進食，他們空手而歸，結束了這場鬧劇。

事後，年輕的尼克熱心的跑去通知殺手的目標人物奧利，安德烈森，只見這位曾是職業拳擊手的奧利聽了之後，仍面牆躺在床上無可奈何的說：「這是沒有辦法的事」，他甚至連兇手的長相都不願意知道。作者不斷的強調奧利望著牆壁、對著牆壁，似乎生命到此已走到死角，再也無路可走了，而他亦放棄了掙扎，認命的接受，坐以待斃。這對於朝氣蓬勃的青年尼克來說真是難以相信：「我簡直受不了，那個人明明知道自己就要被幹掉卻還待在屋子裡等死，真是太可怕了。」

死亡的黑影早已悄悄的逼近，他聞到了它的氣息，他聽到了它的跫音，他向它俯首稱臣，等候它隨時的發落，活著的他其實已是一片死寂。

殺人者，並不是亞爾和馬克斯，而是人對命運的妥協與放棄；如一片秋葉，靜待那宿命的風起——

（三）騰空飛墜〈不敗者〉

過氣的鬥牛士孟紐爾，為自己爭取到一場夜間鬥牛表演，他極為重視傷後再度復出的這場演出。他覺得自己已漸入佳境，一定可以有一場非常精彩的表演，他對自己充滿了信心。

觀眾席上，那位先鋒報候補鬥牛評論家，則認為這場鬥牛算不了什麼，只不過是個夜場而已，他十二點還有個約會，即使錯過什麼，也可從早報摘一些來補充，在他心目中這些鬥牛士全是一堆年輕小伙子和無賴，一些渣滓貨色。

孟紐爾孤獨地站在鬥牛場中，用帽子向黑暗的大廣場上他看不到的主席包廂慎重其事的行禮、致詞，之後向暗處鞠了躬，自信而筆直的拿起紅色鬥牛方巾，右手握劍，向公牛走去。

表演過程中，孟紐爾憑著自己豐富的經驗和精練的技巧，曾經博得觀眾的掌聲。只是當他在與公牛浴血奮戰中，劍被彈飛落到觀眾席去時，從黑暗的觀眾席上拋下了第一批墊子沒有擊中他，接著有一個打中他的臉，他那血汙的臉看著觀眾，墊子紛紛扔下，落在沙土上，有人丟來空香檳酒瓶，打中了他的腳，而後呼的一個東西拋下，落在身旁，原來是他的劍，他拾起劍向觀眾揮了揮，連聲說著謝謝，跑回時還被一個墊子絆了一下……

在此對比諷刺的描寫中，我們毋寧選擇相信孟紐爾是為自己而戰，或可稍解人生表象的虛無、殘酷、荒謬的悲劇之感。孟紐爾堅守信念，不肯向命運低頭，即使渾身已被公牛刺得鮮血淋漓，血肉模糊，仍硬撐著和那頭雄糾糾氣昂昂的公牛決鬥，終於他殺死了公牛，然而自己也隨即被抬上了手術檯。奄奄一息中，他不斷的說：「我幹得很好，我只是運氣不佳……我幹得很出色」。他不相信他會死，此時他也已忘了死亡的恐懼，他所有的心思都集中在自己的表現，他相信自己做得很好。他望著劍手蘇里托：「我不是幹得很好嗎？」他要得到肯定的答覆，然後在對方的肯定之中安靜了下來。

死亡是一隻嗜血的禿鷹，張開了巨大的翅膀，而堅定的意志和信念，讓人騰空凌越，觸到生命存在的本質，擺脫翅影的籠罩。然而孟紐爾卻在死前回首環顧人間，忮求他人的肯定認同，心中信念一虛，幡然墜落，終被禿鷹啣走——

（四）隨風而去〈阿爾卑斯的牧歌〉

農人奧爾茲的妻子心臟病發死了，由於正逢嚴寒的十二月，他必須在隔年春天雪融之後，才能送她去埋葬，於是他把她放在貯藏室的一塊大木頭上，後來奧爾茲需要用到那塊大木頭時，他就把妻子僵硬的軀體豎直靠在牆上，因為妻子的嘴巴張得開開的，所以晚上他去劈那塊大木頭時，就把燈籠掛在她的嘴上。

牧師聽了奧爾茲的說明之後，看了那張彷彿歷經痛苦而扭曲的臉，忍不住問他說：「你愛你的妻子嗎？」，奧爾茲回答：「我非常愛她。」然而他的行為在別人眼中卻又如此的令人難以理解。

海明威並不否認愛的存在，只是當肉體死了，愛也就自其中脫離了。誠如〈戰地春夢〉的結尾，主角在跟自己所愛的女人的屍體告別時，有如在和塑像說再見似的。失去了生命力的肉體只是物體，這是不容否認的事實，人之所以對其眷戀不捨，全因移情作用，不願意去面對現實罷了。由於各地風俗民情的不同，人類對於死亡的看待亦有所差異，死亡並不全然是悲傷不捨的，有些地方的民情則是以歡欣的歌舞來面對死亡。在（百夷傳）中如此記載著：「父母亡……諸親戚鄰人，各持酒物於喪家，聚少年數百人，飲酒作樂，歌舞達旦，謂之『娛死』。」

當死神攫走了靈魂，那空洞的軀體啊！冷冷地腐朽於人世，所有的悲痛歡欣，都已虛渺如煙，隨風遠去，留給那活著的人，一段曾經的記憶或者一則未來的預言——

（五）迅如虹影〈弗蘭西斯·馬克瑪短暫的幸福生活〉

富有的馬克瑪偕嬌妻到非洲旅遊狩獵，卻在一次獵獅行動中膽怯脫逃，被他的妻子所瞧不起，轉而看上了為他們做嚮導的狩獵專家威爾森。一天夜裡馬克瑪發現妻子不在自己的房裡，過去似乎也發生過這種事，然而馬克瑪還是沒有離開她，一者妻子還算美麗，二者他其實並不擅長和女人打交道；而妻子雖看不起他，但因為他很有錢而仍跟他在一起；他們其實只是基於某種利益而成為夫妻，並無愛情可言。

然而馬克瑪多少仍受了點刺激，於是在一場獵牛活動中，由於過程進行得非常的順利，激發出他的勇氣和信心，以及男性潛在的征服野性，他似乎在這一場獵殺行動中終於長大了，從一個膽小的「孩子」，變成一個無所畏懼的男人，這種轉變讓他的妻子反而擔憂了。

馬克瑪津津有味地體會他的新發現，甚至對於即將發生的事感到幸福，只是這份幸福太短暫了，當他們去追逐一頭受傷的野牛時，那野牛從灌木叢裡撲向馬克瑪，情急之下，他的妻子遠遠地開了一槍，沒打中野牛，卻把馬克瑪的腦袋打開了花，也打斷了他短暫的幸福。

那自昏昧陰雨中走出，剛剛甦醒完成的靈魂，面對燦爛的前景，欣悅地正待一番舒展發揮；卻不知來去無蹤，飄忽難料的黑影，正躲在光亮的背後獰笑，脆弱而可悲的人啊！渾然不覺黑影已臨，一轉身，夜便漫天的覆下來了——

（六）夢裡迴旋〈雪山盟〉

作家哈利與女友前往非洲狩獵，因腿上的壞疽惡化，他聞到了死亡的氣味！這樣的結局讓他感到強烈的憤怒和厭倦。他回想起許多欲寫卻未完成的題材，以及他經歷過的戰爭、釣魚、失敗的婚姻、與女人之間的周旋等等。他看到了那因耽於逸樂生活，而逐漸喪失才能的自己，於是他跑到這裡來，試圖把心靈上的脂肪去掉，重新振作，沒想到他的希望卻將永遠落空了。

當他感到死亡將臨時，會有一股虛幻的臭氣襲來，連那隻鬣狗也沿著這股虛幻臭氣的邊緣輕輕的溜過來，那是一陣可以使燭光搖曳，火燄騰起的微風。

他感到死亡的頭靠在帆布床的腳上，他又聞到它的氣息了。「你千萬別相信死神是鐮刀和骷髏，很可能是兩個從容地騎著自行車的警察或是一隻鳥兒，或者像鬣狗一樣有一隻大鼻子。」他說著，死亡已經漸漸靠到他身上來了，然而已不再具有任何的形狀，只是佔有空間。他想趕走它，它卻爬到他身上，重量都壓到他的胸口了。

彌留之際，他幻覺自己被救援的飛機載走，穿過雨瀑，到達象徵理想或幸福的乞力馬札羅山的山巔——當女友被鬣狗的哭聲叫醒時，哈利已氣絕身亡了。

原來死亡有著來自地獄的特殊體味，它沒有固定的形體，卻充滿於空間，以各種形式無所不在。它輕巧如貓，有著詭譎多變的眸色及迅疾尖銳的利爪，當牠躍過，陽光下那夢想之地，白亮的乞力馬札羅山巔，瞬間頓成泡影——

四、與影共舞

不管是蜻蜓點水的迅疾驚心，秋葉無聲的冷然魂游，騰空飛墜的超昇旋落，隨風而去的飄然虛化，或者迅如虹影的剎那驚豔，夢裡迴旋的悄然旋出舞台，不可否認地，死亡、虛無與悲劇是海明威的文學主調，死亡的陰影經常存在於生和愛的極致之中。然而在現實的生活裡，海明威並不以虛無主義去面對，他採取的是以感覺的、行動的、動物式的方式來和死亡對決，在冷酷、血腥、激烈的面對中，提煉出對生命的思考與勇氣，進而肯定生命的意義。

海明威生活中的本質要素，是十九歲時便體驗了戰爭的殘酷激烈，雖然反對戰爭，他覺得戰爭是他那一代中影響最普及，也是悲劇命運的肇始者；然而戰爭一旦發生了，他還是義不容辭的投入其中。而緣自於先天承繼父親率直野性氣質的血脈，以及後天環境的學習與磨練，在熱愛的釣魚與狩獵中，動物界食物鏈相殘事實活生生的擺在眼前，生與死如是鮮明與血淋淋。而他積極的行動力使他遠到非洲狩獵，到西班牙看鬥牛，對他來說這是一場場戰爭場面的延續，在這般慘烈的生死決鬥中，他——思考著生命的意義。

海明威所把握的悲劇感，正是把握了人生的要素，危險與冒險對男性的吸引力，死亡與暴力在這世界中存在的事實，而他在作品中所強調的勇氣，足以在這冷酷無情的世界中抗拒各種瞬息萬變的狀況。他本身亦以驚人的意志力和勇氣克服恐懼，決戰生死，他當年的戰友都說他是他們所見過最勇敢的人。儘管他已看透了生命本質最終的虛無，但總也要認真、勇敢而誠實的活著，他有過四次的婚姻，實乃由於他的認真，他認為沒有愛卻依然持續的婚姻生活是最大的罪惡。他轟轟烈烈地盡情在生命的畫布上塗抹鮮明的色彩，也許這才是唯一的存在，或者曾經的存在。

他掌握虛無中的有，他主宰了自我生命中的一切，包括最後的死亡，是的，他的死是在自己的意志之下，掌握之中，當他看到衰病的肉體已無法再聽任其支使，與其被肉體拖垮精神，不如保持他一貫的風格本色，採取主動出擊，再度與死亡對決，這次他一反常態，出人意料的主動給槍，他成全了死，死也完成了他，他們相擁共舞，圓滿落幕，觀眾一片嘩然——

五、終場

他策馬縱行於生命的荒野
如影罩肩
黑色的披風舞動著
如炬目光
燃燒了白晝
終也焚成了黑夜
霧虛無地飄落　寂靜中
影舞的披風正歇覆於墓碑之上

（1999.08）

後記

時間如雲，漸緩地散入天空，杳然無蹤；時間亦如舟，劃過悠悠長河，終至於淡化無痕。但幸好有文字的記錄，留存了部分，在字句的牽引下，似乎還能觸到當時的溫度氛圍、心緒情韻與悲喜悠思，將流逝的韶光再次重溫。

山居生活，感覺連風都帶著芬芳的淡綠，浸淫其間人彷彿成了玉石，身心逐漸剔透晶瑩、沉定安靜，於是看自己、看世間的眼界自又不同了。生命總是在不斷的尋索與審視中，成長為我們所期望的或者理想的樣貌，更而是一種清澈的覺知。

緣於平日仍以詩、畫創作為主，因此寫散文相對少了，但仍喜歡散文的隨興自然，貼切生活，直抒胸臆，在如水的日月律動裡，啜飲生活的點滴玉露。自2003年出版散文集《種藍草的女子》之後，本書《陽台上的手風琴》乃收集近15年來陸續發表的文章，共分為〈寧靜之外〉、〈漫步在時光中〉、〈流轉的風景〉以及〈閱讀手記〉四輯。〈寧靜之外〉主要是抒發山城生活的所見所感，「每天陽台都有不同的故事，被風傳頌著。而我在我的遊樂園裡獨自地玩賞、沉思與閱讀，任由季節遞嬗，大自然的一花一草，一蟲一鳥都是開示我的老師」。〈漫步在時光中〉

則是為秋水詩刊每一季的詩園地所寫的刊頭小品文，因而較具季節感。〈流轉的風景〉為旅遊他方，對當地風土人文及個人見聞之心情書寫。至於〈閱讀手記〉乃昔日在師大國文系修習研究所學分時，選修楊昌年老師的「小說名著專題討論」課，所寫的讀書報告，承蒙楊老師的賞識，給予頗高的評價，故亦附錄於後做為紀念與分享。

學生時代由於性格較為孤靜，大多時候獨來獨往，極少主動親近師長，而楊老師從所繳交的詩文及報告中識我、勉勵我，予我極大的肯定，並曾於千禧年為我的詩集《在時間底蚌殼裡》作序。2016年春天舉辦《寂靜對話》詩畫展時，更是義不容辭的為我站台，嘉勉我，楊老師可說是我求學過程中最感念與親近的師長。本書結集之時，便想到請老師為這本書寫序，因書裡附錄了當年交給他的讀書報告（記得老師還將〈我看金絲鳥〉一文，讓指導的研究生討論，並邀我前去師大聆聽。）因此由老師來寫序應該是更具意義的，但又擔憂老師年事已高，實不忍心讓他老人家太過勞累……沒想到楊老師依舊爽快的回覆樂意為我寫序文，老師對學生的愛護與支持，點點滴滴深切感恩在心！

那琴音迴盪在歲月的陽台，忽快忽慢，忽遠忽近，逐漸越過峰巒，飄向遠方的海；而陽台上的我正坐在紫色金露花下，翻閱昨日的雲影，今日的水聲——

琹川

2019年元月25日

釀文學230　PG2191

陽台上的手風琴

作　　者　琹　川
責任編輯　鄭夏華
圖文排版　林宛榆
封面設計　王嵩賀

出版策劃　釀出版
製作發行　秀威資訊科技股份有限公司
114 台北市內湖區瑞光路76巷65號1樓
電話：+886-2-2796-3638　傳真：+886-2-2796-1377
服務信箱：service@showwe.com.tw
http://www.showwe.com.tw
郵政劃撥　19563868　戶名：秀威資訊科技股份有限公司
展售門市　國家書店【松江門市】
104 台北市中山區松江路209號1樓
電話：+886-2-2518-0207　傳真：+886-2-2518-0778
網路訂購　秀威網路書店：https://store.showwe.tw
國家網路書店：https://www.govbooks.com.tw
法律顧問　毛國樑　律師
總 經 銷　聯合發行股份有限公司
231新北市新店區寶橋路235巷6弄6號4F
電話：+886-2-2917-8022　傳真：+886-2-2915-6275

出版日期　2019年4月　BOD一版
定　　價　290元

國家圖書館出版品預行編目

陽台上的手風琴 / 槼川著. -- 一版. -- 臺北市 :
醸出版, 2019.04
面 ;　公分. -- (釀文學 ; 230)
BOD版
ISBN 978-986-445-315-3(平裝)

855　　108001861

讀者回函卡

感謝您購買本書，為提升服務品質，請填妥以下資料，將讀者回函卡直接寄回或傳真本公司，收到您的寶貴意見後，我們會收藏記錄及檢討，謝謝！

如您需要了解本公司最新出版書目、購書優惠或企劃活動，歡迎您上網查詢或下載相關資料：http:// www.showwe.com.tw

您購買的書名：________________________________

出生日期：________年________月________日

學歷：□高中（含）以下　□大專　□研究所（含）以上

職業：□製造業　□金融業　□資訊業　□軍警　□傳播業　□自由業

□服務業　□公務員　□教職　□學生　□家管　□其它_____

購書地點：□網路書店　□實體書店　□書展　□郵購　□贈閱　□其他

您從何得知本書的消息？

□網路書店　□實體書店　□網路搜尋　□電子報　□書訊　□雜誌

□傳播媒體　□親友推薦　□網站推薦　□部落格　□其他__________

您對本書的評價：（請填代號　1.非常滿意　2.滿意　3.尚可　4.再改進）

封面設計____　版面編排____　內容____　文／譯筆____　價格____

讀完書後您覺得：

□很有收穫　□有收穫　□收穫不多　□沒收穫

對我們的建議：________________________________

____

____

____

請貼
郵票

11466
台北市內湖區瑞光路 76 巷 65 號 1 樓
秀威資訊科技股份有限公司 收
BOD 數位出版事業部

（請沿線對折寄回，謝謝！）

姓　　名：____________ 年齡：________ 性別：□女　□男

郵遞區號：□□□□□

地　　址：________________________

聯絡電話：(日) ____________ (夜) ____________

E-mail：________________________